SHANGHAI LITERATURE & ART PUBLISHING GROUP

故事会®

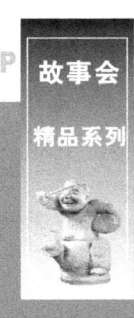

故事会
精品系列

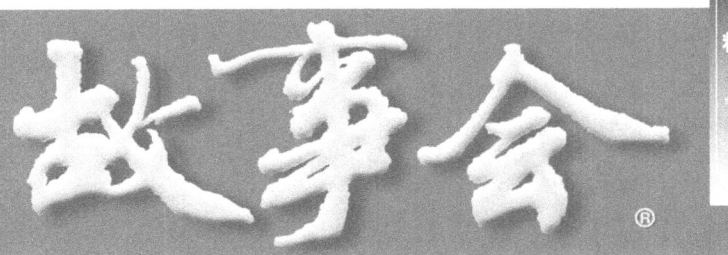

阿P故事

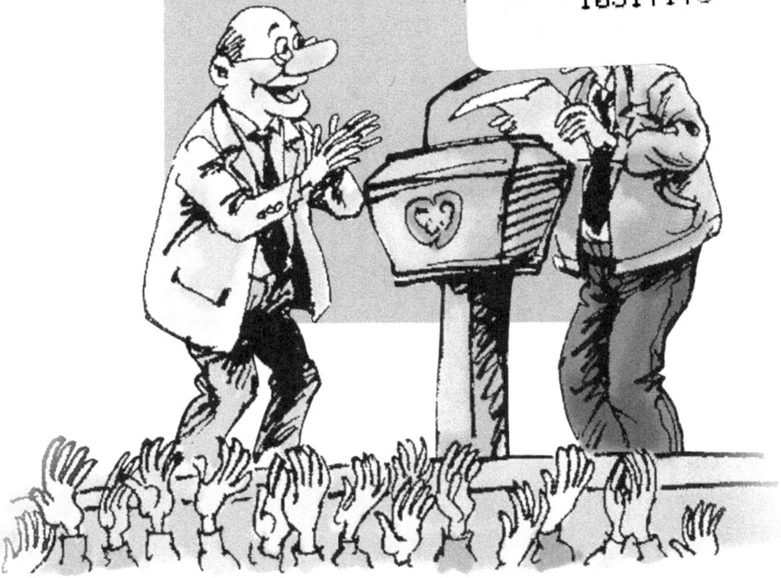

上海锦绣文章出版社
上海故事会文化传媒有限公司

上海文艺出版（集团）有限公司

图书在版编目（CIP）数据

阿P故事 《故事会》编辑部编 — 上海：上海锦绣文章出版社
（故事会精品系列） ISBN 978-7-5321-1512-9
Ⅰ.①阿... Ⅱ.①故... Ⅲ.①故事 作品集 中国 当代 Ⅳ.I247.8
中国版本图书馆 CIP 数据核字 (1999) 第 39605 号

丛 书 名：故事会精品系列

书 名：阿P故事

主 编：何承伟

编 委：何承伟 吴 伦 姚自豪 夏一鸣

责任编辑：刘迎曦 鲍 放

装帧设计：王 伟

责任督印：张 凯

出 版： 上海锦绣文章出版社

上海故事会文化传媒有限公司

POD 海外发行： 中国图书进出口上海公司

电话：021－36357888

传真：021－36357896

地址：上海市虹口区广中路 88 号

邮编：200083

目　　录

阿 P 婚姻史

阿 P 洋相录

阿 P 舞文集

阿 P 惹祸记

阿 P 婚 姻 史

婚姻是一张彩票,男人下的注是自由,女人下的注是幸福。

寻偶起风波

阿 P 本名王富贵，红星化工厂工人，长得黑不溜秋，却也不能算丑八怪。王富贵为何得了个"阿 P"的外号呢？一来许多人都叫他阿贵，而鲁迅先生笔下的阿 Q 也正好叫阿贵；二来王富贵平时的言行也有当年阿 Q 的味道；三么，王富贵也曾有过向并肩走的男女丢石块的经历。这样一来，似乎王富贵应是阿 Q 第二了。但是给王富贵起外号的人中，有个叫赵扬的大学生不同意，他认为应该有点创新精神，他说："P 和 Q 是连襟，既能沾 Q 的光，又有自己的特点，还是叫阿 P 为好。"此话一出，大家说好，于是阿 P 就叫出了名。

阿 P 今年已二十有八，却还是杨树条剥皮——光棍一条。阿 P 找对象倒也不挑剔，可是人家姑娘不同意，有的说他黑不溜秋,像个生铁蛋;有的说他肚子里墨水少。阿Ｐ一听,气得脚一蹬,眼一翻,说道:"黑怎么着,没文化又怎么着,哼,妖精!你不嫁,我还不要呢!"

这一天厂休日,阿Ｐ领了工资,出了厂门,直奔市中心的大中华饭店,想去享受一顿。正走着,猛听得马路边传来一个声音:"诸位,人间祸福全在天,要知避凶就吉,快来请教何半仙!"

阿Ｐ停下脚步,一看路边一个不显眼的角落里,坐着一个瞎子,中间放着一个竹签筒子,两旁一副对联,上联是:泄天机指引迷路君子;下联是:漏阴阳点拨久困英雄。阿Ｐ心里一动:我王富贵也算是个英雄、君子,只是时运不佳,直到现在还没娶上老婆,倒不如找这瞎子算算。想着,便走上前去。

阿Ｐ走到瞎子跟前,还未开口,那瞎子却先说话了:"老兄,想问个啥?"

阿Ｐ心中一惊,心想:这瞎子眼睛看不见,怎么知道我是"老兄"?说不定他还真有两下子。于是吞吞吐吐地开了口:"我、我问个姻缘。"阿Ｐ说着,伸手从签筒里摸出一根签,交给了瞎子。

瞎子接过签,在手中摸了又摸,又思考了好一会,才扯起嗓子说:"哎哟,老兄,你这婚姻大事怕要晚成。"

阿Ｐ听了,更加佩服,忙问:"晚到什么时候?"

"莫愁,莫愁,命中有奇缘,不用别人介绍,全靠自己奋斗,好事不在今秋,就是明年开头。恭喜老兄,出不了三十就抱娃……"

瞎子的一席话,听得阿Ｐ比吃了只又肥又嫩的烧鸡还舒服,他当即从袋里抽出5元钱,"啪"往瞎子手里一放,风风火火拔脚就跑。

阿Ｐ一头扎进大中华饭店,好酒好菜饱餐了一顿,又钻进电影院看了一场电影,回到宿舍,阿Ｐ激动得浑身打哆嗦,一边嘴里不停地嘟囔着:"真他妈的受启发,真他妈的受启发!"一边找了几张纸,抽出钢笔,伏在桌上一本正经地写了起来,写着写着,便打起呼噜来了。

这时候,大学生赵扬走进来,他悄悄从阿P手中抽出纸,仔细一看,见上面歪歪扭扭地写着:

"PX计划":P,阿P是也,X,姑娘是也。

为了响应大好形势,消灭光棍;为了对付被子无人拆、衣服无人洗、吃饭无人问的困难,保证奇缘快点到来,并百分之百的成功,我要积极行动起来。特订计划如下:

一、主动进攻。

二、……

赵扬看完这份还没订完的计划,忍不住哈哈大笑起来,他一边笑,一边朝阿P肩上猛击一拳,打醒了阿P,问道:"阿P,第二条是什么?"

阿P斜了他一眼,得意地回答:"第二条在我心里。"

赵扬又捶了阿P一拳:"你在演啥好戏呀?快快公开公开。"

阿P只是神秘地笑笑……

阿P自从经何半仙指点,订了半个"PX计划"后,不久就碰到一些顺心事儿,他对自己的婚姻更有信心了。啥顺心事?原来,这些天他发现同厂有个叫李娇美的女工,对他的态度有点"那个"。一是上星期主动招呼阿P,要阿P给她家拖三车煤球;二是星期日停水,李娇美主动求阿P给她挑了四担水;最使阿P引为骄傲的是,大前天李娇美还邀请阿P看了一次电影。

以上种种迹象,使阿P心中充满了喜悦,他越想越兴奋,越想越激动,对呀!李娇美是出名的美女,大家都说她比电影明星还美,这样的大美人看中了我阿P,莫不是瞎子说的奇缘?嗯,应该主动进攻。

　　阿 P 想到这里,便开始行动起来,他决定给李娇美写封甜甜蜜蜜的求爱信。倒霉的是阿 P 虽说是个初中生,可是这点墨水让他这几年就着馒头给吃光了。真是一字逼死英雄汉,满肚子的话却倒不出来,憋了半个晚上,只写上一句话:"李娇美同志,我万分爱你! 十万分请求你答应!"

　　写好了,自己看看也觉太"那个",只好又撕了。想来想去,没别的办法,只好抹下面子去求大学生赵扬。

　　阿 P 找到赵扬,说明来意,赔着笑脸说:"哥们,帮个忙,等我找上了老婆,也好帮你张罗……"

　　赵扬倒也爽气,从抽斗里拿出一叠厚厚的信来,往桌子上一扔,让阿 P 自己挑,看着哪封好,就抄哪封。

　　阿 P 一看,原来都是被退回来的情书。阿 P 心中暗暗一笑,唷,原来这小子和我差不离呢! 不过,心里的话可不敢说出来,因为现在是求他帮忙呀。

　　虽然这些信中的"海盟山誓"、"海枯石烂"之言,阿 P 半懂不懂,但还是使阿 P 脸红心跳,激动万分。他千挑万挑,最后挑中了一封最短的信。

　　阿 P 拿了信,回到自己房内,经过二小时四十八分的拼搏,终于抄完了求爱信。他长长地吐出了一口气,打了个呵欠,将信叠好,又拿出印有一对鸳鸯的信封,郑重其事地把信放进去,结结实实地封好。

　　信是写好了,阿 P 把信装在裤袋里已经两天了,却不敢给李娇美送去,再耽搁下去,信会揉烂的。

　　这天下了班,阿 P 两手插在裤袋里,鼓起了勇气,大踏步向李娇美的宿舍走去。到了门口,他刚想抬手敲门,忽然门"吱"一声打开了,阿 P 吓得刚想溜开,李娇美已探出头来,把他叫住了:"富贵,你找我有什么事?"说着还朝他抿嘴一笑。

　　事到如此,阿 P 豁出去了,他结结巴巴地说:"我、我给你送件东西。"说着把信递了过去，回头便跑。

李娇美又把他叫住了："富贵，你急什么，我又不是老虎。"说着看了看手中的信，笑了笑，又说，"富贵，我买了袋土豆，想拿回家，可……"

阿P这会儿的脑袋瓜却特别聪明起来，连忙接口："行，保证完成任务！"说完，大步进屋，使劲扛起那百来斤重的一大麻袋土豆，歪歪斜斜地朝外走。那袋土豆虽然把阿P压得满头大汗，可他心里却甜滋滋的。

以后的几天里，阿P沉浸在兴奋之中，有时在食堂里碰到李娇美时，见她总是对自己抿嘴一笑，阿P心里明白，李娇美虽没作出明确反应，但这笑总是好兆头，是嘛，这终身大事，对个大姑娘来说，总得有考虑考虑的时间呀！

这么一想，阿P就耐心等待了。一直到第五天下午，阿P偷偷瞧见李娇美下班时笑容满面，还哼着流行歌曲，心想：咳，苗头来了。于是他急忙奔回宿舍，换了身衣服，就等在厂门口。不一会，果然见打扮得漂漂亮亮的李娇美，远远来了。

阿P的心跳加快，呼吸变粗，还在盘算今天和李娇美进行什么"节目"，这时李娇美走近了。天呀！李娇美的身边还跟着个人，而这个人不是别人，就是那位大学生赵扬！

阿P正在奇怪，李娇美却抢先招呼了："富贵，你在这儿等人吗？喔，上次给我扛土豆，我还没谢谢你呢！噢，还有，我和赵扬还要谢谢你真诚的帮助哩。"说完，她扬手对阿P说了声"嘀嘀"，挽着赵扬朝前走去。

阿P傻乎乎地盯着渐渐远去的李娇美和赵扬，他实在弄不懂，明明是我写信向李娇美求爱，怎么李娇美却挽着赵扬走呢？难道这是白日做梦？他猛地在自己的大腿上扭了一把。唷，挺疼的，不是做梦！咦，这就奇怪了。

阿P眼看着自己的X飞走了，垂头丧气地回到厂里，一打听,才知道李娇美和赵扬谈上了朋友,这做媒人送信的,不是别人正是他王富贵。

天呀,阿P到这时才想起,自己抄情书时,竟连具名也抄成了赵扬。

阿P气呀,他摸了摸扛土豆压痛的肩膀,心中骂道:"这妖精……"

阿P气呀,他撕碎了赵扬的信稿,心中骂道:"这小子……"

过了一会,又自言自语地说:"行,就算给儿子说了媳妇。"于是,他气平了。

(张　力)

难圆桃花梦

有一天，阿P回到宿舍，见自己的工具箱上放了一本没了封面的杂志，阿P原本从不看书，可今天却鬼使神差，随手拿过来翻看起来。不料这一看，却把他给吸引住了。原来杂志里有篇报告文学，其中有一段写男主人翁路见不平，救了一位姑娘，后来两人由相识到产生感情，再后来就结了婚。就这么一小段，阿P翻来覆去看了好几遍，越看越觉得有味道，越看越觉得受启发。他想，嗨，听说报告文学说的都是实事，既然别人能遇上这种运气，我为什么不行呢？对，反正晚上闲着没事，不妨到偏僻的马路上去走一走，逛一逛，说不定……

这天晚上，阿P在冷僻的马路上转悠，一直转到深夜11点钟，还没碰上歹徒拦住姑娘的事，心里不免感到惆怅。就在他准备往回走时,突然,从路边的一棵树后闪出一个黑影,拦住他的去路。阿P抬头一看,乖乖,只见那人比自己高出一头,穿一身黑衣,戴一副墨镜,捂着个大口罩,手里拿一把明晃晃的匕首,阿P心里明白,自己遇上拦路的了。

这时,那个拦路的说话了:"老弟,放明白点!"

阿P心中并不紧张,他笑嘻嘻地说:"好说,好说。你要钱我有两角,要命只有一条。"说完双手高高举起,让大个子来翻。

大个子掏遍了阿P的口袋,果然只有两角钱,连块手表也没,气得骂了一声"穷鬼",随手刮了阿P一个嘴巴,就转身消失在黑暗中。

一场虚惊之后,阿P又朝前走去。走了一段路,阿P隐隐听到有个女子的惊叫声,他紧走几步,发现刚才那个拦路贼正拦住一位姑娘。阿P不禁心中大喜:好!机会来了。他突然从树后蹿出,放开嗓门高声喊道:"民警同志,快,就是那个家伙。抓住他,抓坏蛋呀——"

阿P这一手倒真管用,那个歹徒听到喊声,撇下姑娘仓惶逃走了。

阿P跑过去,见姑娘惊恐未定,便说道:"姑娘,没事了,坏蛋让我给吓跑了。"

姑娘感激地看了阿P一眼,轻声说了声"谢谢"。这感激的一眼和轻声的道谢,喜得阿P心花怒放,他猛然又想起了报告文学里的那回事和算命瞎子的话了。

阿P学着报告文学里的那个男主人翁样子,上前一步对姑娘说:"没什么。青年人就要见义勇为。如果你不嫌,我送你回家。"

姑娘想了想,点头答应了。于是阿P乐滋滋地陪着姑娘一同向前走。一路上阿P有满肚子的话想说,可嘴巴实在不争气,半天也说不出句完整话来。倒是姑娘心细,问了他的姓名,又问了他的地址。阿 P 心中想,这回可对了,这姑娘不真心爱我,问姓名、地址干什么?

正在这时,迎面来了位骑自行车的小伙子,姑娘惊喜地叫道:"阿伟,阿伟!"她回头对阿 P 说:"我爱人来接我了,谢谢你送我!"

阿 P 一听,脑袋"嗡"地一下,天呀,弄了半天她已经结婚了。

小伙子问妻子:"阿芳,来晚了,没事吧?"

"哼,还没事呢?刚才遇到坏人了,多亏这位同志相救。"阿芳回头想介绍阿 P,却见阿 P 一句话也不说,耷拉着脑袋走远了。

阿 P 走了一段路,心里又坦然了。嘿嘿,尽管对象没找着,但我毕竟是做了一件好事,值得!

(张　力)

皮靴惹是非

　　厂里派阿 P 到上海办事,这可把阿 P 喜疯了。他到上海办完事后,就到处逛着玩,好像刘姥姥踏进了大观园,看到啥都觉得新鲜好奇。玩了几天之后要回去了,等他准备上火车时,突然想起了一件事,差点儿吓出冷汗来!

　　啥事呢?原来阿 P 新近认识了一个女朋友。阿 P 临来上海时,女朋友千叮咛、万嘱咐,让他给买双高统棉皮靴。阿 P 前几天光顾玩,把这事给忘了。你说该死不该死。这会儿阿 P 急慌慌奔到皮鞋店,花 80 元买了一双紫红色的高统棉皮靴,就往皮包里塞。塞呀塞呀,费了好大劲才塞进去一只,一看表,哎呀,不好,离开车只剩 10 分钟了,他急得一手拎了包,一手提了另一只靴子,往火车站检票口奔去。他前脚刚踏上车,开车铃就"叮铃铃"响起来了,阿 P 刚找到座位,车已启动了。

阿 P 喘喘气,擦擦汗,正要把屁股往座位上放,突然瞪起眼,张大嘴,望着坐在他对面的一位姑娘发起愣来。那姑娘的长相比电视剧《红楼梦》里扮演凤姐的演员还要美三分! 比起自己的那位可漂亮多了。看她那眼睛,那柳眉,那鼻子,那嘴唇……阿 P 越看心越痒。那姑娘见阿 P 那傻相,禁不住抿嘴一笑,又连忙把头转向窗外。

姑娘这一笑,笑得阿 P 浑身都发软了,他探过头去问道:"您坐车呀?"那姑娘没理他。阿 P 又提高嗓门问了一句,那姑娘才转过头,扫了他一眼,算是回答。阿 P 见姑娘不吭声,又凑上去说:"怎么,你怕我是坏人呀? 你看,我这有工作证。"阿 P 说着,从呢子大衣的内袋里掏出工作证,放在茶几上。

那姑娘见了,又抿嘴一笑。这一笑,阿 P 更来劲了,赶紧主动自我介绍说:"我叫王富贵,在朝阳镇红星化工厂上班,你叫我小王好啦。你、你到哪里去呀?"姑娘过了一会儿,才挤出一句:"想到你们朝阳镇。""太巧了! 那儿我人熟,你想办啥事,我帮你办。"姑娘一听,又抿嘴笑了笑。

姑娘这三笑,笑得阿 P 浑身热了起来。他脱下大衣,把它和刚才没有塞进皮包的那只皮靴包在一起,随手往行李架上一放,就兴高采烈地和姑娘东拉西扯聊起来。一直聊到列车靠站了,阿 P 才猛地从座位上跳起来,说:"我们该下车了,快快,下了车还要坐几个小时的汽车才能到。我先下去抢个座位,你慢慢走,甭着急。"

阿 P 拎起皮包跳下车,用百米冲刺的速度一口气奔到汽车站,买了票便等候姑娘的到来。谁知道一直等到旅客们全都上了车,汽车快开了,还不见那漂亮姑娘来。阿 P 泄气了,他嘀咕了一句:"这女人说话不算话!"然后无精打采地爬上了汽车。

汽车走了一程又一程,猛然一阵风吹得阿 P 打了个冷颤,他下意识地拉拉衣服，突然从座位上跳了起来，大声喊道："停车！停车！"司机猛地将车煞住，问："怎么回事？"阿P说："我的大衣丢在火车上了，还有一只皮靴呢，等等，我得回去找！"旅客们一听，"哗"一声哄笑起来。司机说："火车快跑到外国了，你才想起来呀。自认倒霉吧，老弟！"阿P一听，颓然坐下，嘴里嘟哝着："女骗子，女妖精……"

这时汽车已驶上大桥，过了桥就快到家了。阿P拉开皮包，两眼怔怔地盯着塞在包里的这只皮靴，肚里打起了鼓：单只靴子怎么向女朋友交差？不如把它丢了，省得留着它惹麻烦。这么一想，阿P麻利地从皮包里拽出那只皮靴，打开车窗，一扬手向桥下扔去。

阿P刚回到宿舍里，女朋友就来了，她一见阿P就问："我的皮靴呢？"阿P支吾着说："买了。""快拿出来给我试试。""不、不……""不什么，你忘了买了？"阿P慌了，连连说："哪能、哪能，我买了双你最喜欢的紫红色高统棉皮靴，80元呢。""别磨蹭了，快拿出来呀。"阿P从哪儿拿？一时急得头上冒出了汗。这一急倒给他急出了对策，他拎起皮包说："我这皮包太小了装不下，我把皮靴和大衣从邮局寄了，要不了几天就会到的。"女朋友听了，才满意地走了。

阿P骗走了女朋友，心里却悬着，因此，好几天都不敢去找她。

这一天，阿P收到一张包裹通知单。他感到很奇怪，谁寄来的呀？到邮局取出邮包一看，竟是他遗忘在火车上的那只皮靴和呢子大衣。喜得他一跳三尺高，忙把大衣展开，发现里面有一张纸，上面写着：

　　小王：
　　这是你急着下车丢在火车上的东西，根据你工作证上的地址寄去。邮费 2.30 元,是在你大衣兜里拿的,特告。另外,做人心术要正,莫因小失大……

火车上相遇的姑娘

阿 P 看了纸条,如挨了一记闷棍,说不清心里是啥滋味。他拿着那只皮靴,悔得直敲自己的脑壳,千不该,万不该,不该把那只皮靴丢了。他把东西拿回宿舍,又垂头丧气地去上班。当他走到公安局门口时,忽然见那儿围了一堆人。

阿 P 挤进去一看,是张失物招领启事,上面写着:兹拾到高统棉皮靴一只,遗失者即来认领。"阿 P 高兴得立即大喊起来:"有了,有了,找到了!"边喊边冲进公安局,见到值班民警就叫道:"同志,那靴子是我丢的,给我,快给我。"民警说:"不是男式的。""这我知道,是女式的,38 码,紫红色,高统的。"民警笑了笑,问道:"你是怎么丢失的呢?"阿 P 只得把扔皮靴的经过简单地说了说。

民警从柜里拿出一只皮靴,阿 P 接过来,兴奋地说:"就是这只,谢谢你了!"说完转身就走。民警忙说:"请等一下!"阿 P 停住脚,疑惑地望着民警:"不相信我吗?我有工作证。"边说边把手伸进衣兜里。民警严肃地说:"你怎么也不问问是谁捡的呢?"阿 P 顿时明白了,"嗨嗨"咧嘴一笑,说:"对不起,我光顾得高兴,忘问了。是谁捡到的呢?""是一个滑冰运动员。""他在哪住,姓啥叫啥?我得写封感谢信谢谢他。""他现在住在医院里。"阿 P 一听懵了。

原来,那天体校运动员正在大桥下练习滑冰,准备参加全国冬运会,不料运动员正练得起劲时,突然从天上飞来一只皮靴,正砸在一个运动员的头上,当时人就被砸昏过去。这个运动员一倒不打紧,接着后面的运动员一个、两个、三个,像叠罗汉一样全倒在一起。那最先被砸伤的是全队的尖子,现在这个代表队因此失去了参加全国冬运会的机会。上级很恼火,正指示公安部门寻找扔靴人,严肃处理。

阿P一听,吓傻了,他哭丧着脸说:"同志哟,我可不是有意搞破坏呀!"民警说:"你先别申辩,赶快去医院看看人家,去赔礼道歉,然后听候处理。"

阿P只得买了水果,来到医院。

他一走进病房,顿时惊呆了,只见伤员病床旁边坐着一个姑娘,她就是自己的女朋友。原来,那个被皮靴砸伤的滑冰运动员,是她的哥哥。当女朋友知道是阿P扔皮靴砸伤了哥哥时,气得脸色都发白了:"原来是你这缺德鬼干的好事!"立刻把他赶出了病房。

阿P被赶出病房,看了看手中的那只棉皮靴,猛地举起,狠狠地往地上一摔,脱口骂道:"该死的……"他也不清楚这"该死的"是骂谁,不过这么一骂,阿P又感到心里舒畅了,竟若无其事地朝宿舍走去。

(王德富)

疑点起白须

在情场上历经了千辛万苦的阿 P 终于结了婚,妻子就是本单位的会计丁小兰。

小兰从小死了爹妈,是个孤儿,人老实勤快,就是不爱说话。当初阿 P 想:不爱说话好。别人都说爱说话的要找不爱说话的,才不会吵架。儿子才找爱说话的哩!

可是有一次,同事阿发和他开玩笑,说:"阿 P,俗话说'不叫的狗咬人',你可要小心着点儿啊!"

嗯? 不叫的狗咬人? 阿 P 搔搔头皮,也许有道理。像小兰这样能干、肚里墨水比我多的姑娘,当初把她争取过来就不容易,现在我可要防着点。于是,阿 P 便处处留心起来。

可过了一段日子,他并没有发现小兰有什么值得怀疑的地方:开支账目记得清清楚楚,存款分文未动,也不见小兰自顾自吃喝玩乐。渐渐地,阿P便把这事儿给忘脑后了。

上个月,领导派阿P去外地采购东西。办完事,他顺便给小兰买了双半高跟的牛皮鞋,高高兴兴地回了家。

阿P一到家,便洗澡刮胡子,想等小兰回来好好亲热亲热。他用电动剃须刀剃完胡子,一边唱着"归来吧……归来哟……"一边拧开剃刀盖清理碎胡子茬。

突然,阿P张开的嘴巴闭不上了——咦,这里面哪来的白胡茬?他想:我又没长白胡子,是谁来用过这把剃须刀呢?我爹和小兰的爹都早死了,死人不会来用剃刀的。那……会不会是人家说的那个"第三者"呢?阿P眼珠转啊转,对,一定是"第三者"!好啊,丁小兰!原来你在这儿钻我的空子啊。

阿P直觉得血朝头上涌。"第三者"会是谁呢?他抓了半天头皮,末了一拍大腿,想起来了,一定是老苏。那个老苏,是小兰的办公室主任。虽然年纪不到五十,倒是白发白须,一副眼镜一戴,蛮有派头。平时小兰总拿他给自己做榜样:"你年纪轻轻,总该学点东西吧。你看人家老苏还在学习呢。"一定是老苏迷住了小兰,趁我阿P出差,就……

阿P越想越气,看看为小兰新买的皮鞋,恨不得砸它个稀巴烂,再挂到小兰的脖子上,让大家看看这个"破鞋"!可又一想,人家公安局破案子都讲究证据,我阿P也要弄个证据出来。于是,阿P便当起了"P尔摩斯",开始暗中注意起老苏的行踪来。

机会来了。

一天,老苏进了理发店,阿P赶紧跟着老苏钻进理发店,在不起眼的地方坐下,顺手抓起一张报纸假装看起来,眼睛却盯着老苏,连报纸拿倒了也不知道。

等老苏一走,阿P连忙跳起来,跑到刚才老苏坐过的理发椅下,胡乱抓起一撮白发就朝外走。他要去找在生化研究所的老同学大刘帮忙,看看这撮白发和剃须刀里的是不是同一个人的。

一星期之后,阿P收到了大刘的来信。阿P心急火燎地扯开信封,只见信上写着:

阿P吾友:

　　经鉴定,你送来的两种毛发的发质截然不同,一种是人的白发,一种是猪毛。

大刘　即日

"猪毛?"阿P眼珠一转:不对呀,猪猡怎么会来做第三者?嗤,肯定是大刘这个马大哈给弄错了。算了,他想起以前看过一个越剧《盘妻》来。哼,今天我阿P也来一出盘妻。

他转身走到五斗橱前,拉开抽屉,剃须刀不见了!

阿P分明记得,剃须刀是放在第一个抽屉里的,里面还有一些白胡茬要留作证据的哩。肯定是小兰怕露馅,拿去清理灭迹了。

想到这里,阿P干咳了一声,定了定神,双手一背,踱到厨房里,冲着正在忙活的小兰的背影,严肃地喊了一声:"丁小兰同志。"

小兰一愣,回头见阿P一本正经的模样,忍住笑问:"干吗?"

"干吗?我问你,我的电动剃须刀呢,你把它藏到哪儿去了?"

"剃须刀?"小兰笑了,"我藏它干吗?你自己把它藏得好好的,让我找了好久。这不,我在用它剃猪毛呢。"

啊?阿P张大的嘴巴又闭不上了,只见小兰一手抓着一只带白毛的大蹄髈,一手握着他心爱的剃须刀,在剃猪毛呢。

小兰见阿P发呆的模样,说:"我看你出差回来后一直没精神,想给你补补身子。"

阿P差点没气晕过去。原来第三者竟是一只猪蹄髈,我在和这玩意儿吃醋哪。

阿P真想扇自己几个嘴巴,转而一想:多亏我阿P足智多谋,看重证据,才没闹出笑话来。什么"不叫的狗咬人",差点让孙子给要了。

想到这儿,阿P把头一扬,背着手又踱回里间去了。

(张　谨)

小别赶新潮

阿P总想赶新潮,但总是慢半拍。他不服,有事没事的时候就瞎琢磨:如何能一鸣惊人,领导世界新潮流!

这些年因为工作关系,阿P夫妇分居。这一天,阿P的妻子小兰出差来到阿P所在的城市。阿P和妻子在宾馆登记住宿后,就手携手去逛夜市。小兰虽说是乡镇企业的业务员,但深山里出凤凰,人长得十分漂亮。

俗话说:小别胜新婚。阿P这会儿怎么看怎么觉得小兰像仙女,看着看着就飘飘然起来。他一拽小兰的衣服,把她拉到了路边。小兰问:"什么事?"阿P二话不说,一下子把小兰揽在怀里,像机关枪点射似的就亲了起来。

阿P正美滋滋地尽情发挥呢,不想离地三尺有神仙。怎么呢? 他们工厂的一帮小青年逛夜市,撞了个正着。大伙这个乐呀,直后悔没带照相机来。但大伙谁也没惊动阿 P,悄悄地看,又悄悄地溜了。

第二天,谁见了阿 P 都怪兮兮地笑,笑得阿 P 莫名其妙。第三天,大伙儿仨一堆、俩一伙地对阿 P 指指点点,阿 P 憋不住了,冲过去吼道:"你们搞什么鬼?"

小张嘻嘻一笑,跷起大拇指说:"阿 P 师傅,你的这个。"

"什么意思?"

小张不说了,把手放在嘴边,一个接一个做飞吻动作。

阿 P 明白了,脸红了,争辩道:"有什么大惊小怪的,那是我老婆!"

大伙"轰"地笑了,根本不信,有人叫道:"得了,阿 P,情人就情人,还老——婆呢!"

阿 P 没办法,他总不能堵住众人的嘴呀。过了几天,他专门把小兰接到工厂,也不多说,只是挎着小兰的胳膊,从这个车间转到那个车间,从这个办公室转到那个办公室,见谁跟谁介绍:"这是我的爱人小兰!"

谁知这非但没有把情人风波平息下去,反煽起了大伙的兴趣,众人纷纷说:"阿 P 真行,情人没交几天,又变成了老婆!""阿 P 真新潮,还知道爱人爱人的,爱人这个词在外国人那里,就是情人的意思!"

阿 P 听到这些,先还有点气,后想了想,反倒乐了,小兰问他乐什么,他搂着小兰说:"你真好,又是我的老婆,又是我的情人,我多有福呀!"

小兰气得抡开巴掌给了阿 P 一个耳光。登时,阿 P 左脸现出了个"五指扇"。阿 P 揉了揉,指指右边脸说:"小兰,再来一下! 刚才那个算情人扇的,再给个老婆的!"

(范大宇)

泼水再难收

阿 P 自被提拔当了组长后，就忽然觉得老婆小兰越瞅越不顺眼了，到后来鸡蛋里挑骨头，终于和小兰离了婚。阿 P 心想：凭自己的身份和模样，找个比小兰年轻、温柔、漂亮的姑娘还不是一句话。可一晃过去两年了，他至今还是杨树剥皮——光棍儿一根。

阿 P 难受了，白天吃不好饭，晚上睡不好觉，常常眨巴着眼睛问自己："差哪了呢？人家没离婚就有三四个漂亮女人围着身边转，我方方面面也不错呀，咋就不能再婚呢？不行，我得想个法子。"

第二天阿 P 正好休息，早饭也没吃就跑到邻居魏哥那里，求他用电脑替自己算算命。魏哥对阿 P 草率离婚非常不满意，当初就劝过他，可他一句也听不进去，如今见他求上门来，决定好好教训教训他。魏哥装模作样地在电脑前"嘀嘀嗒嗒"一阵忙活，只听"吱吱"一阵响，打印机里就传出一张纸来。阿P赶紧拿过来一看，只见那上面写的是："出南京往西行，三五位仔细听，送出七个西红柿，美满婚姻准能成。"

阿P不明白这四句话是啥意思，魏哥也不吱声，只是一个劲地叫他自个儿用心想想。阿P挠着头琢磨了一阵——嘻嘻，这不挺明白的嘛，这里就是南京街，往西走就是金沙湾小区，那里是市委领导和文艺工作者的住宅区，哈哈，我的新夫人十有八九在那里。好哇，魏哥让我送出七个西红柿，我干脆就买它一篓吧！

阿P兴冲冲地拎着一篓西红柿，刚走到金沙湾，就遇见一伙人在小区街口议论着什么，走过去仔细一打听，才知道前几天，金沙湾住宅区一位四十多岁的女工会主席，发现下肢瘫痪的丈夫企图割腕自杀，便从五楼窗口往下扔了七个西红柿，终于招来一位好心的年轻人，跑上楼去帮着她一起阻止了她丈夫的自杀行为。阿P弄清七个西红柿原来是这么回事情，气得鼻子都歪了。

阿P浑身泄了气，手里那篓西红柿便觉着是个累赘，于是放下篓子就坐在马路边上歇起了脚。不大工夫，就见一个女人走过来，惊喜地问一句："好大的西红柿啊，请问你是哪里买的？"阿P抬眼一看，可不得了，问者是一位年轻的姑娘，细眉大眼，说话声音特别像小兰，可却比小兰年轻漂亮多了。难道魏哥的电脑算命真神了？不管怎么样，我可不能白白放过这个机会。想到这里，阿P赶紧满脸堆笑地站起来，说："姑娘，你喜欢吃西红柿啊？我这篓里的全给你吧，我正愁没个去处呢，白白扔了可惜。"姑娘听了一愣，她吃惊地打量一阵阿P，随后笑了，说："好啊，那可先谢谢你了。只是——东西太重，你能不能帮我送回家，我就住那幢楼里。"

姑娘的要求对阿P来说真是求之不得,他急忙拎起篓子,随姑娘朝她家走去。一路上,阿P觉得姑娘不仅说话声音像小兰,就连走路的姿势也特别像小兰,不免就亲近了几分,于是便把自己和家里的情况都实实在在地说了出来,尤其是说到他自离婚后衣服破了如何自己缝补、肚子饿了如何自己烧煮时那可怜的神情,直引得姑娘也为他阵阵慨叹。不一会儿,便到了姑娘住的那幢楼底下,姑娘体贴地说:"歇一会儿吧,看你身上的汗跟下雨似的,我住在九楼,电梯坏了一个多月了。"阿P一听,这不正是获得姑娘好感的最好机会么?于是二话不说,一步一低头,硬是跟着姑娘爬上了九楼。

姑娘打开房门,阿P只觉得眼前一亮,屋里窗明几净,家具亮亮堂堂,唉——有女人的屋就是不一样啊,早先和小兰过日子的时候不也是这样吗?阿P正想得出神,姑娘把他请进了门,不一会儿就从厨房里端出一小盘烧饼和一大碗豆腐脑来。哇,这可是阿P最爱吃的早点了,以前小兰隔三差五地就会给阿P做这些东西吃。阿P瞅着姑娘往桌上放豆腐脑的样子,忽然大声叫了起来:"你……你是小兰?"

谁知姑娘果真点点头,说:"对呀,我就是被你踹出门的小兰啊,你早该认出来了!""啥?"阿P简直惊得目瞪口呆,"可小兰的穿戴哪有你这么高档、这么时髦啊?小兰的脸色哪有你这么红润、这么漂亮啊?"

姑娘听阿P这么问,脸上的神情全然变了色,说:"你这问题提得好,从前我嫁给了你,又上班又做家务,起早贪黑累瘦了身体累弯了腰。为了你吃好穿好,我节衣缩食不敢讲时髦。现在我有吃有穿心情好,如果再美美容,你就永远也认不出我来了。"

阿P反应也够快的,赶忙低三下四求情说:"小兰,我错了,你原谅我,我们复婚吧!"

"复婚?"小兰叹了口气,说,"你刚刚被提拔当组长,就喜新厌旧翻脸不认人,往后你要真提了干,还不得再把我踹出去吗?你现在瘦得竹竿似的,刚才一开始我没认出你,你一说话我才认出你。我让你到我家来,是想借这个机会再好好劝劝你,往后你可得吸取以往教训,好好过日子了。这西红柿我不能白要你的,钱你一定得收下。过一会,我先生就要回来了,你要不要和他见见面?"

"别,别!"阿P急得连连摆手,他已经明白泼水难收,还有什么脸面再见小兰的先生?他只好失望地迈着又酸又乏的腿,告别小兰走下楼。

回家路上,阿P走着想着,忽然拍着脑壳想明白了一个道理:好媳妇儿在你身边感觉不到,一旦离开了才知道她是多么美丽,多么温柔,多么可爱;我阿P虽然不能和小兰复婚,可我现在能体会到这个深刻的道理,不也同样是一个了不起的收获吗?想到这里,阿P一下子兴奋起来,竟在大街上高声唱起来:"妹妹你坐船头,哥哥我岸上走,九楼背西红柿啊,心里乐悠悠……"

(崔志安)

阿 P 洋 相 录

聪明人想了再去做,糊涂人做了再去想。

小镇当爸爸

　　有一天，阿 P 到一个小镇上出差办事，误了当晚回城的末班车，只好找个旅馆住下来。这小镇地处穷乡僻壤，旅馆里没舞厅，客房里没电视，阿 P 生性活跃，怎耐得如此寂寞？脑子一动，便拉了几个宿客，筑起了"方城"。

　　大约到了半夜时分，阿 P 忽然感到肚子饿，想到街上看看有什么点心吃。刚出门，就听一个老太婆冲他喊："狗儿爸，你玩得够了吧？还不跟我回去！"

　　阿 P 知道这老太婆准是张冠李戴认错人了。他正要否认，忽然多了个心眼，暗忖：这狗儿的爸爸一定是个夜不归宿的货色，那么狗儿的妈妈呢？岂不独守空房？自己正闲得无聊哩，这送上门的空子为何不钻。他再斜眼打量了一眼老太婆，一副老眼昏花的样子，天这么黑，她哪能识出真假？于是，阿P就装模作样地说："妈，我正打算回去呢，还用你叫吗？"老太婆叹一声，打开话匣唠唠叨叨地说："不叫你就不归窝，天杀的东西……唉，哪像狗儿妈，又贤惠又勤劳，人长得像一朵鲜花，谁看见都啧啧地咂舌头，说她像西施……她给我生个宝贝孙子……"

老太婆唠叨不休，阿P心弦颤动，暗下说："乖乖，她家里有这等美人，我今晚真是遇上艳福了，傻瓜才不去占便宜呢！"他急于弄假成真，就装作很孝顺的样子，说："妈，以后我听你的话，夜里不再出来了。"老太婆点点头："那好，狗改吃屎了，我咋不高兴？"她说完呵斥一声，"跟我回去！"就转身带着阿P上了路。

老太婆一路上仍是赞不绝口地夸狗儿妈，直把她夸得千娇百美，人世罕见，诱得阿P欲火燃烧，全身比喝10斤老酒还热乎，恨不得一步跨进老太婆的家。

老太婆夸完了媳妇，又骂儿子，骂着骂着，忽然站住脚，盯住阿P问："今晚你又输了多少？"阿P为了早早见到那个狗儿妈，连忙讨好地说："妈，我今晚没有输，还赢了300多元呢！"他说着心一横，掏出身上所有的钱，都交给老太婆。老太婆也没有数，一把装进兜里，就带着他继续往家去。

大约走了半里路，总算到家了，老太婆带着阿P跨进一座简朴的小院，先闩上大门。院里黑乎乎的，老太婆指指一间闪着昏暗灯光的小房，说："狗儿爸，你给我进去。"阿P心里"咚咚"直跳：那个绝代美人说不定正坐在床边等他进去安慰呢！再不用老太婆催叫，阿P像黄鼠狼偷鸡似地一步往屋里溜去。

谁知阿P刚进小屋，还没看清屋里的美人影呢，猛听背后一声喝骂："我今天就是要教训教训你这个败家子，你将我的1000元钱输了，还说是赢了300元呢！"声落棍子下，老太婆一扫刚才的蹒跚样，不知哪来的力气，手擎一根榆木棍子，朝着阿P的背上就是一阵打。老太婆守着门口，屋子又小，阿P只有挨打的份,没有逃避的路。

　　阿P只觉得脊背上火辣辣地疼,他惨叫着,但满心欲望仍在涌动,不时偷眼往屋里瞧,但瞧了半天,就是不见美人。

　　老太婆边打边骂:"你屁股一拍就出去,扔下孙子叫我抱,你这没心肝的东西!"阿P听了灵机一动,忙喊叫:"妈,你该打狗儿妈才对,带孩子是她的职责,她现在在哪里呢?"

　　老太婆火气更大,怒骂道:"你还有脸提她? 她还不是去年叫你气死的,你这孬种!"说完打得更狠。

　　这一来,阿P暗暗叫苦不迭,大声哀求:"别打了,我再也不当狗儿的爸爸了!"

　　老太婆的棍子还是雨点般地落在阿P的背上,她打着骂着:"你不当狗儿的爸,就当狗儿的妈,反正都是一样!"

　　　　　　　　　　　　　　　　　　　　　　　　(白政栋)

无罪的小偷

今天,阿P休息,在家闲着无事,就乘车去海边游玩,下车时烟瘾上来了,可一摸口袋,忘了带烟,于是他迈开步子,径直向一个商店走去。

阿P走近那家商店,见大门口贴着一张大布告,最上面写着四个字:游客须知。怎么回事?透过玻璃窗,明明看到柜台里摆着琳琅满目的商品,怎么布告上不写"顾客须知"而写"游客须知"呢?阿P心里嘀咕,但没多想,也没细看,一头钻进了商店。

"给我拿包烟!"一进门,阿P挺潇洒地喊了一嗓子。奇怪,商店里静悄悄的,没人答腔。阿P四周扫视了一下,啊!商店里没有第二个人,噢,大概是自选商场,阿P便寻找起香烟柜台来。过了一会,仍不见有人,阿P心中一动,一个念头闪电般地冒出来——偷！

阿P的心"怦怦"狂跳起来,他长这么大毕竟没干过这事,要是被人抓住了,岂不是臭名远扬?可是要想回头,又禁不住那些商品的诱惑。经过一番激烈的思想斗争,阿P终于选择了偷!

阿P又向四周扫视一下,确信没人,便开始行动了。

拿什么好呢?噢,手表,那玩意儿体积小,又值钱。阿P跑到手表柜台前,将手伸进去,抓了几块高级表,急忙往口袋里一塞!动作迅速,但心儿狂跳,似乎快要从喉咙里蹦出来。此时的阿P真后悔刚才没拿个大麻袋进来,好多装些东西。

阿P定了定神,忽然一拍脑袋,大骂自己混蛋、白痴,为什么不拿钞票呢?既不费力气,出商店后还不会引起他人的怀疑。经过一分多钟的寻找,他终于在一个角落里发现了钱匣子。阿P刚将手伸过去,突然,一个夹子"啪"打了下来,紧紧地夹住了阿P的手指头,疼得他"哇哇"直叫。阿P费力地把手指头从夹子里拉出来,感到一阵钻心的疼痛,无意中低头一看,发现脚边平平展展地躺着几张"创可贴",好像是专门为他准备的。阿P没顾上包扎,小心翼翼地打开钱匣,将里面的钱卷风般地装进口袋里,然后转身朝商店外奔去。

"先生!"一位警卫彬彬有礼地站在门口,拦住了阿P的去路。

阿P只觉得眼前金星直冒,只当东窗事发,要被扭送进公安局了。连忙来个主动坦白:"我、我招,招……"

警卫没睬他,仍是机械地说:"先生,您一定玩得很高兴,感到很满意吧!那好,请您放下钱和东西,再交100元游乐费。"

"什么?"阿P真是丈二和尚一时摸不着头脑,傻呆呆地站在那儿,一句话也说不出来。

警卫以为对方嫌收费贵了,所以连忙解释:"我们这里是一个游艺宫,寻找快乐的游客可以随意地在里面拿任何东西。因为您在里边待的时间挺长,所以收费多一点……"

原来是这么一回事,阿P想到了那布告,那"创可贴",人顿时像踩扁的皮球——瘪了。

阿P一场虚惊,还倒付100元,心里那个火啊,他再也没有了游兴,一路上骂骂咧咧,回到家里一头倒在床上。不过第二天起来,他又高兴了,多亏是游艺宫,要真是偷东西被人逮住,现在还不在拘留所啊! 一想到这,阿P又高兴起来……

(刘莉萍)

拿架子出丑

　　机械厂的机修能手李师傅，年近退休又体弱多病，厂部决定让阿P拜李师傅为师，做他的接班人。

　　阿P脑袋瓜子挺好使的。俗话说："名师出高徒！"没两年的工夫，在李师傅的精心指导下，阿P已经学去了师傅五成手艺，并且运用自如了。

　　这一年，李师傅的病越来越重，终于医治无效，早早走上了黄泉路。师傅一死，徒弟阿P便顺理成章地成了阿P师傅。

　　阿P天天听工人们喊自己"师傅"，听来听去，就有点飘飘然了！他心里说：在工厂里我太重要了！工厂一时一刻都离不开我，我要一走，哪台机器都不会转得那么痛快。既然我的功劳这么大，工资却只是厂领导的一半，这太不公平了。他想向厂领导提提意见,又一想:不妥,李师傅的手艺要比我强得多,而他的工资并不比我高多少呀。

怎么办呢? 阿P想呀、想呀,终于想出个主意:对,我就给他个"老太太不吃黄豆拿一把",谎说自己不干了,厂长定会着急,准会派人或亲自登门请我,到那时再提条件,岂不美哉⋯⋯

说不干就不干,阿P和班长打了声招呼,说自己不干了,就卷起行李,打道回府了。

这天夜里,阿P做了一连串美梦:

阿P一走,全厂大乱,人心惶惶,工人们不断往厂长办公室跑。

厂长办公室挤满了人,这个喊:"厂长,机器又坏了,怎么办?"那个叫:"厂长,这么下去,工厂的损失太大了。"

厂长闻听阿P不干了,大惊失色,立即召集厂领导开紧急会议,一致决定立刻把阿P的工资提到1000元并由厂长亲自登门,请阿P出山⋯⋯

就在这时,一阵"咚咚"敲门声把阿P惊醒。他想厂长来得好快! 于是心花怒放,从床上一跃而起,三步跨到门前。开开门一看,咦,不是厂长,是妻子小兰买菜回来了。

小兰问:"病好些吗?"

阿P只"嗯"了一声,仍沉浸在美梦之中。

这天,阿P一杯茶、一支烟,高跷二郎腿,抽烟、品茶,优哉游哉,只等厂长大驾光临。谁知等到下午,还不见厂长人影,阿P的心有点不安了。

到了第三天,仍不见动静,阿P坐不住了。

这天下午,他走到好友小春子家打听消息。

小春子一见到阿P,忙把他拉到一边,告诉他:厂长听说阿P不干了,立即开会作出两项决定:一、阿P的技术,是工厂培养的结果。工厂培养工人,不是教养闺女,喝了工厂的血,吃了工厂的奶,然后嫁人,而是为发展生产。如今阿 P 以为有了本事,滋长了傲气,为避免此事重演,决定对阿 P 除名,并罚款 3000 元。二、厂里由杨副厂长请来了一位吴师傅,又进了一台进口机器让他安装。那吴师傅,手艺高过李师傅,每月工资 1000 元!

小春子这番话,好似一声轰雷,震傻了阿 P,他愣怔了许久,才有气无力地回到家里,一头栽倒在床上。

妻子小兰下班回来,一看阿 P 趴在床上,顿时慌了神,说要送他去医院。

阿 P 摇摇头,叫过小兰,边擦泪边说:"小兰,我骗了你,我没病……只怨我一时鬼迷心窍,做了一件自以为得意的事,却不料事与愿违!"他把事情的经过原原本本对小兰说了一遍。

小兰气得捶胸顿足,说:"你这个自以为聪明的糊涂蛋,怎么又干起傻事来了? 工厂待你不薄,你却忘恩负义,你这是自己搬石头砸自己的脚。赶快回厂,向厂长认错,听话,去,快回厂去!"

阿 P 苦着脸说:"人家不会要我了,工厂已经新请了一位姓吴的师傅,月薪 1000 元。"

"瞧瞧,我没说错吧! 地球每天都死几千几万人,地球不是照样转吗? 一个大工厂呀! 你以为少一个两个人,工人就挨饿了吗?"

"小兰,你说我回去,人家还能要我吗?"

"也许能,因为你们厂的厂长是个好人。人非圣贤,谁会没有错时? 知错就改,谅他们能谅解,你再和厂长说说好话,就说给吴师傅打打下手。"

"那,明天我就回去!"

"回去吧,以后可不要再做傻事了!"

就这样,阿 P 背起行李又返回工厂。

阿 P 不安地、小心翼翼地推开厂长办公室的门,厂长正伏案写着什么,头也没抬地问道:"什么事?"

阿 P 道:"厂长,是我,王富贵,我想……我想……"

"嗯!"厂长猛抬起头,两道目光像两道利剑射过来,"王富贵,你来干什么? 难道还想回来?"

"是! 是! 我想回来!"

厂长一声冷笑:"王富贵,你知道,我们这里庙小,留不住高僧;我们这里池水浅,养不住大鱼。你还是去别处吧。"

"厂长,我错了。知错就改,还是好同志嘛。厂长,只要留下我,我一定好好干。"

"留下也成,但得有个条件。"

"厂长,只要让我留下,别说一个条件,就是一百个条件我也答应。"

"好! 我这有两张合同书,你签一份,我留一份,并请公证人公证。合同期限为二十年。你签了就可以留下来。"

"行,我签!"

阿 P 签了合同,厂长的脸上也露出了笑容,点点头说:"小王,去车间认识认识吴师傅吧,顺便让他指点指点你。"

阿 P 跑到车间,只见身穿旧军装的吴师傅正在忙碌着,阿 P 自我介绍,并请吴师傅今后多多关照。

吴师傅一脸憨笑,轻轻拍了拍阿 P 的肩,说:"阿 P 师傅,到底年轻呀! 我明天要走了,今天你正好来,这摊子就交给你了!"

"怎么? 你要走?"阿 P 一愣,奇怪地问,"不是聘请了你吗?"

"聘请我? 哈哈哈,修理这玩意儿,我下辈子也许都学不会,这些大大小小的铁家伙让我头痛……我的任务是:等你三天,报酬是一千元。这差事,谁会不干?"

"怎么会是这样? 为什么要骗我? 我不干了! 不干了!"阿 P 气得吼叫起来。

"阿 P 师傅,你要冷静! 现在一切都由不得你自己了,因为你签的合同已经生效!"

　　阿P愣住了。但又一想:虽然厂长用这计骗了我,但不也说明厂长还是了解我、看中我的吗? 这么一想,阿P又开心地把头昂了起来……

(张振胜)

抢先争名额

　　那一年春天，阿Ｐ身体欠佳，每天早晚去医院打一针。这一天，他打完针回办公室时，忽然听到里面有人在神秘兮兮地议论："听说这次只有一个名额，不知谁能中头彩？"

　　阿Ｐ心"别"地一跳，但还是装着什么都不知道的样子走了进去。大家都不讲话了，阿Ｐ也不好开口问，既然名额紧张，那谁都在暗暗使劲，不是贴心贴肺的朋友，谁肯告诉你。

　　阿Ｐ坐在办公室里一直在想，到底是什么名额？前段日子听说单位里买了一套商品房分给职工，会不会是这事呢？另外据说今年工会有坐飞机去疗养的机会，说不定会是这事。还有听说3％人员涨一级工资的文件也发下来了，照3％计算，那么局机关正好有一个名额，所以也有可能指这事。阿Ｐ被这一系列可能搞得稀里糊涂。反正名额紧张，只有一个，而且根据以往的经验，名额越紧张，事情就会越好。阿P决定争取一下。

不一会，阿P看见郑局长朝厕所里走去，眼睛一亮，何不趁厕所无人，先找领导探一下口气。于是阿P也朝厕所奔去。

当确信厕所里只有自己和郑局长时，阿P吞吞吐吐地问道："局长，听说这次……只有……一个名额？"

郑局长说："是啊，是啊，你也知道啦？"

阿P不好意思地一笑，又问道："局长，不知这次……这名额……领导上有意向了没有？"

郑局长叹口气说："唉！难哪，实在难安排。目前还没有具体的对象。"

阿P一听，心里一喜。机不可失，时不再来，此时不争取，更待何时？便不失时机地说："局长，你看，这次能不能考虑让我……"

郑局长好像有些意外，朝阿P打量了一番，不相信地问："阿P，你是说，这次考虑你？"

阿P见郑局长没有拒绝的意思，不由得心里暗暗地欢喜了，放大胆子又说："麻烦局长了。"

"麻烦？哪儿的话。没关系的，反正总要有一个人轮到的嘛！我知道了，待我们研究后再通知你。"

全机关就一个名额，可能就要轮到自己了，这将是多么扬眉吐气的风光事情啊！阿P越想越高兴，当时真想给郑局长叩几个响头。

第二天上午，阿P打完针来上班，见会议室门口贴了一张红榜。阿P隐隐约约地觉得这光荣事与自己有关，便抑制住高兴的心情装得挺平静地走过去看。不看不要紧，阿P这一看就如老和尚入定——不动了。只见那光荣榜上写着：

阿P同志被光荣选为局机关今年度义务献血人员。

原来那一个名额竟是献血名额，阿P只觉得脑袋"嗡"地一下，人都要倒下去了。该怪谁呢？这名额是自己到局长那儿去争取的，总不能变卦不肯去吧。当时阿P真的哭笑不得，恨不得扇自己两个嘴巴子。

过了半个月，阿P体检通过。不久，由办公室主任陪着正式去献血。

阿P本来就害怕，跨进献血场，当看到一排排针管血袋，心里更打起了鼓。医生要他躺到躺椅上，阿P的心跳"别别别"地开始加快。当针管插进血管时，阿P的心里产生了一种怪异的恐怖感。他坚持着，硬撑着，不去看针头血袋，尽量做得面不改色，以免失了一个大男人的体面。

然而，流到血袋中去的毕竟不是自来水，阿P越来越紧张了，就忍不住朝血袋看了一眼。一见那殷红的鲜血，他内心一阵惊慌，再也坚持不住了，额上冒出了大颗大颗的汗珠，脸色变得死白。陪同来的办公室主任一看不对劲，吓得连忙喊医生。医生一看，抽血快抽出人命来了，这还了得，连忙采取措施救护，把那小半袋血又还给了阿P，后来看看阿P还是双唇发紫，又输入了其他人相同血型的一袋血后，阿P的脸上才重新现出活人样。

结果阿P血没献出，反而免费输进了200CC别人的血，阿P觉得挺合算，毕竟别人还轮不到这样的美事呢，想到这里，他又高兴起来……

（韩仁均）

阿 P 舞 文 集

并不是每个人都适合舞文弄墨的，干这类事往往使人心累。

脱产写总结

阿P所在单位的车间主任最怕写材料,而搞年终工作总结又非得写材料不可,于是,车间主任便把这差使交给了阿P。

阿P很看重这表现自己的机会,如果"一炮打响",说不定会调到科室去的,他暗暗给自己鼓劲,一定要用最快的速度写出最高水平的总结。

阿P写作有两大特点:一靠夜深人静入氛围;二靠浓茶香烟出灵感。这天妻子刚好上夜班,他泡上酽茶,备足香烟,在厚厚的稿纸上写了起来。

开始不太顺手,随着夜越来越深,浓茶和香烟使他文思泉涌,奋笔疾书,虽然撕掉的稿纸一大堆,但翻过去的材料也是一大摞了。当他泡上第三杯茶又启开第三盒烟时,突然发现火柴只剩下最后一根了。没有火便抽不成烟，不抽烟不光没灵感，连瞌睡这一关也对付不了，于是阿P放下手中的笔，到厨房翻箱倒柜地找。然而，空盒找了不少，火柴却连半根也没找到。此时，已经过了午夜，既无处买又无处借。阿P写作的思路让这该死的火柴给中断了。

当务之急是保留火种！阿P首先想到了煤油灯，可城里不停电，那玩意儿只怕是连废品站里也买不到了。由煤油灯联想到蜡烛，对，儿子过生日时，买过一盒往蛋糕上插的彩色蜡烛，于是，他在儿子盛玩具的小橱里找了一遍，真的找出两支半截的小蜡烛。他如获至宝，小心翼翼地划亮最后一根火柴。

借着烛光，阿P放心地点上一支烟，但写作的灵感却一点也没有了，为找回失去的感觉，他只好从头看写过的稿子，谁想看了还不到一半，那火"告急"了。他又连忙点上另外那半截蜡烛。可惜这专门给儿童取乐的蜡烛不抗烧，怎么办？烛光就是命令，情急之下，阿P突然想起了煤气灶，于是，他用蜡烛头的火，到厨房去点燃了煤气灶。望着灶头上蓝蓝的火苗，他这才放心了。管道里有取之不尽的煤气，这火种永远也不会断的。

阿P回到写字台前，猛吸了几口烟，灵感还不来；又猛呷几口茶，大脑中还是空空的。厨房里煤气那"咝咝"声挠得心烦，上个月煤气费才调了价，妻子连做饭都算计着烧。但如果关了煤气灶，烟就抽不成了。不抽烟稿子怎么写……一筹莫展的阿P突然眼前又一亮，为什么不可以烧开水呢。这样既保留了火种，又不浪费能源。他连忙把水壶装满水放在煤气灶上，这才又静下心来写总结。

半夜里煤气压力足，火苗旺，两页稿纸还没写完，水便烧开了。阿P赶紧灌进暖瓶，然后装上生水继续烧。就着灶火点上支烟后，又赶紧奔到房里去写稿。但他大脑里不断变幻的信号是壶里的水煮到什么程度了。这可马虎不得，万一水沸出来灭了灶火,不但烟抽不成了,性命也有危险。

　　家里仅有的五把暖瓶全都灌满了,而灶上的开水仍源源不断地涌来,阿P只好又往盆里倒,所有的空盆都灌满了,他又一壶一壶地往浴盆里倒。倒满之后,他忽又想起,这现成的热水,何不洗个澡?于是脱了衣服往浴盆里一躺,浑身舒服,一伸腿,竟呼呼地睡着了……

　　上班以后,阿P把写好的总结交给车间主任,然后站在一旁静等着主任的表扬。谁想主任看了还不到一半,竟摔给他,说:"你这是总结还是写诗?"他一紧张,一缩身,突然感到浑身冰凉,睁眼一看,才知还在"水梦"中。

　　看看窗外已经发亮,阿P无心再洗澡了,赶紧用毛巾擦擦身子穿上衣服。一出卫生间的门,突然闻到一股刺鼻的臭味儿,显然这臭味儿来自厨房,他这才想起煤气灶上还煮着水。抓块毛巾捂住鼻子,冲进灶间一看,谢天谢地,那把铝壶竟没被烧化,是沸出的水把灶火给浇灭了。他关上阀门后,又急忙打开前后窗,向外放煤气……

　　做完这一切,阿P好不懊恼,总结还没写完哩。可一会儿,他又暗自高兴起来,幸亏自己早醒了一步,不然,妻子下班回来点火做饭时,这房子非炸不可!

　　　　　　　　　　　　　　　　　　　　　(刘志平)

最佳广告语

阿 P 爱做发财梦,也实践过多次,但总发不了财。

这天,阿 P 心不在焉地翻报纸,忽然瞄到一条启事,阿 P 来了兴趣,仔细看了起来。

原来这是省金凤酒厂在征集"金凤"牌酒的广告用语,内容大意是:广告用语要求奇妙,能给人留下深刻印象,适宜在电视、广播、报纸上宣传。来稿限制在四句以内;此次活动结束后,由广告专业人员进行评奖。设一等奖 1 名,奖金 1000 元;二等奖 10 名,奖金 500 元;三等奖 50 名,奖金 100 元……

阿 P 看完后,兴奋了,一等奖 1000 元,写几个字就值这么多,简直一字值千金,不能放过这 1000 元,机不可失,时不再来。

阿 P 赶紧再看截稿日期,两个月后才截稿。阿 P 心想:这份报纸是今天刚出的,我有充分的时间去设计这酒的广告。不过,万一我想出一个绝妙的广告语,别人也想到了,而且比我先寄一步,那1000元岂不落到人家手里?这种事要"先下手为强"!想到这,阿P决定立即构思广告语。

别看阿P一向毛手毛脚,但他对改编一些句子可是很有一套的,他先把自己知道的所有精彩的句子进行粗筛,一根烟的工夫,选出了三个句子与酒有缘。

阿P开始细筛。第一个句子是:"有口皆碑"。阿P心想;"碑"在这里作动词用,意思是"赞扬",那我也可以把酒杯的"杯"活用成动词,来个"有口皆杯",意思是人人都来喝一杯,第一条广告语就可以拟为:"金凤酒,有口皆杯"!

第一条广告语出世了,阿P喜出望外,接着构思第二条。阿P知道有一个关于车的广告,叫"车到山前必有路,有路必有某某车"。阿P想:我可以把"有路必有某某车"改成"有酒必有某某酒",那前边一句怎么改呢?对,有了,就来个"喜庆家宴必有酒,有酒必有金凤酒"!

第二条广告语也诞生了,阿P心里像喝了蜜,趁着有灵感,赶紧马不停蹄想第三条广告语。

阿P常把"酒逢知己千杯少"挂在嘴边,他决定今天就把这句话加工成绝妙的广告语。怎么加工呢?阿P想,千杯少,千杯少,要是把喝金凤酒说成千杯少,岂不妙哉。对,就来他个"酒逢知己千杯少,杯中必是金凤酒"!

阿P欣喜若狂,心想,如此绝妙的三条佳句竟被我阿P想出来了,谁会有这样敏锐的思维?1000元非我阿P莫属!

阿P急不可待地把构思好的三条广告语寄了出去。此后,阿P逢人就把自己构思的广告语说给人家听。

接下来,阿P就迫切地等待评奖揭晓的那天了。他掰着手指头数日子,眼看还有半个月就到了,厂里突然让阿P去贵州出差。阿P一算，出差回来正好赶得上评奖揭晓，于是便高兴地出差去了。

在贵阳市，阿P找了一家旅店住下，同一房间，还有一个胖子和一个瘦子。

晚上，他们三个边看电视边侃大山。阿P又想起他的绝妙广告语，于是就对胖子和瘦子说："你们可知道酒的绝妙广告语？我这里有三条……"

没等阿P把话说完，胖子抢着说："我们河南一家酒厂的广告绝了，叫'神龙酒，有口皆杯'！"

"这算什么？我们青海电视台新播放的一条酒广告那才叫绝呢！"瘦子接过话茬说，"叫'酒逢知己千杯少，杯中必是化泉酒'！这个广告还得了那个酒厂广告用语征集的一等奖哩，我们那儿是家喻户晓。"

阿P这时已呆若木鸡，脑袋"嗡嗡"作响，自言自语道："晚了，晚了，我的两条广告语都晚了！"

胖子和瘦子挺纳闷：什么"晚了"？正要问阿P，这时，电视台正播一家酒厂的广告，从电视机里传出浑厚的声音："喜庆家宴必有酒，有酒必有茅莲酒！"

阿P闻声大叫一声："完了，完了，全完了！"

胖子和瘦子更纳闷了：怎么这人一会"晚了"，一会"完了"？他们再一看阿P，只见阿P半张着嘴，眼睛呆呆地望着屋顶，一副失魂落魄的样子。

（范旭光）

采访临终女

　　这天晚上,西装革履的阿P派头十足地走进一家豪华歌舞厅,用老鹰一般的目光打量着一对对摇来晃去的红男绿女。

　　忽然,阿P的目光落在舞厅东北角的座位上,只见一个相貌标致却神情忧郁的年轻女子,正端着一杯饮料出神。她一动不动的姿态,仿佛一尊临风而立的冰雕。阿P见状,心中一阵惊喜,对,今晚的目标就是她!想毕,他故作潇洒,迈步向前。

　　阿P想干啥?原来,半个月前,小城有家报社招聘一批记者,阿P闻讯欣喜若狂。他从小就梦想当一名记者,这个机会岂肯白白错过?于是,阿P来到报社总编室应聘,第一关面试,顺利通过;第二关笔试,总编让阿P一周内拿出一篇采访稿。阿P马上去采访工厂一位劳动模范,连夜写完,送给总编,谁想总编只瞟了一眼题目便扔进废纸篓。阿P不死心，又深入农村采访一位种田能手，不料稿子送到总编手上，第一页没看完，总编的脑袋就摇得像拨浪鼓。这时候，有一位老编辑把阿P拉过一边，指点阿P，让他写一篇关于女人的采访稿，无论是女歌星女保姆女招待女按摩女保镖女秘书，凡是沾上"女"字就行。阿P追问原因，老编辑苦笑着说，报纸销路差，报社已半年没发奖金，总编无奈之下，才决定从社会上三教九流中招一批记者，多写一些五花八门、花里胡哨的文章吸引读者，以提高报纸销量。阿P茅塞顿开，经过一番苦思冥想，决定到舞厅寻找采访对象。为做到有理有据，他特意借来一台袖珍录音机，揣在衣袋里。

"小姐，能请您跳个舞吗？"阿P礼貌地伸手相邀。"难道您不怕我吗？"年轻女子纹丝未动，却反问一句。

阿P一下子被这话勾住了。年轻女子接着说："我是一个快要死的女人，不配跟任何一个男人跳舞。"言毕，再不说话，默默地端着饮料出神。

哎哟，有门！阿P心想：采访一个即将失去生命的漂亮女子，挺有意思，我阿P的运气还不错。不过，她为何说要死呢？为弄清原委，阿P决定跟她套套近乎，于是，再次出手相邀，年轻女子这次却没有推辞，两人遂步入舞池。

一曲终了，年轻女子面色微红，满面愁容早一扫而光，回到座位，阿P献上一杯可口可乐，趁机追问："小姐，您刚才的话是什么意思？"

年轻女子感激地望着阿P，说："先生，在没跟您跳舞前，我已经决定在今晚服下大量安眠药自杀。可是您的出现，使我认识到生活是如此快乐，我决定活下去。谢谢您救了我！"

阿P见此灵机一动，安慰她说："小姐，每个人的生活都不是一帆风顺的。无论您自杀出于什么原因，都比不上我的内心痛苦。""为什么？"年轻女子诧异了。"因为——"阿P咂咂嘴，脑海疾速旋转,终于挤出一句:"因为我是一名艾滋病患者。""啊!"年轻女子大惊,"先生,你在骗我?"

阿P平静地说:"小姐,请放心,尽管艾滋病很可怕,但它的传播方式却是很独特的。我们只是跳跳舞,聊聊天,没有任何影响。如果你肯告诉我自杀的原因,那么,我会把染上艾滋病的经过告诉您。"

年轻女子点头同意。阿P把手伸进衣袋,悄悄打开录音机。

两年前,正读大学的她爱上了一位男同学,并且把少女最宝贵的贞操献给了他,然而男同学却抛弃了她。毕业后她分配到某机关当局长的秘书,好色的局长总想占她的便宜,她愤然辞职,到一个大公司当了一名公关小姐。不久,她对英俊潇洒的总经理产生了爱慕之情,便投进总经理的怀抱,谁料总经理在外地早有妻室,她又含恨离开公司,自己开了一家餐厅。

就这样,她对生活失去了信心,变得玩世不恭,整天与各种男人鬼混,甚至还跟外国男人上过床。不久前,餐厅被公安局勒令停业,她决定花掉挣来的3万元钱后自杀。年轻女子讲完,望望阿P,意思是该你说了。阿P装出深有感触的表情说:"小姐,我和你的遭遇基本相同,唯一不同的是,我在和外国女人接触当中,染上了艾滋病。不过,卫生部门还没有掌握我的秘密。谢谢你,告辞了。"阿P扬长而去。

第二天一大早,阿P双眼通红,毕恭毕敬地捧着一篇题为《一个风流女郎的自述》的稿子,走进总编室。总编一看,眉开颜笑,大笔一挥,批示:尽快发表。又问阿P:"内容真实吗?"阿P放了一段录音,总编听后高兴地跷起大拇指:"很好,第二关你通过了。"可连续劳累了几天几夜的阿P再也坚持不住,一头倒在总编室的沙发上呼呼大睡起来。

这时,一个年轻女子走进总编室,把一篇题为《一个男艾滋病患者的经历》的稿件递给总编,总编正一字一句地欣赏,年轻女子却一指沙发上的阿 P 大声惊叫道："艾滋病患者在这里！我已经向市卫生局举报，他们正多方寻找此人，快给卫生局打电话——"总编放下手中的文稿，手忙脚乱地打了电话。片刻，一辆救护车闪着蓝光呼啸而来。

阿 P 恰好醒来，见舞厅里相识的年轻女子也站在总编室，奇怪地问："你怎么在这儿？"没等年轻女子答话，一帮穿白大褂戴白口罩的医护人员闯进来，不由分说把阿 P 弄上救护车。

年轻女子含着眼泪向阿 P 招手："小伙子，要相信生活永远是美好的，你千万不要自暴自弃，要勇敢地跟艾滋病作斗争，我会在报纸上向全社会呼吁，让社会向你伸出理解和援助之手——"

阿 P 闻言，哭笑不得。

（刘金涛）

写诗起风波

阿P最近向厂里申请停薪留职,理由是他要集中时间和精力进行诗歌创作。厂长手拿申请书推推眼镜,像打量天外人似地盯着阿P问:"你——当诗人?"

阿P点点头,神气活现地说:"是的,你就等着拜读我的诗作吧!"

厂长摇摇头:"阿P,莫开玩笑,好好工作,别'湿啦、干啦'的了。"

阿P火了,"噌"地站起,一挺胸脯,张口朗诵了一段即兴诗:"厂长厂长,恁嘛不懂,头脑简单,四肢臃肿,大伙齐称,饭桶饭桶!"

厂长一听,这个气啊,大笔一挥:同意!

　　阿P买了五条烟,一斤茶叶,一沓稿纸回了家,到家冲上茶水,点上烟,便开始构思起来。

　　阿P一连几天不上班,只是在家坐着发呆,妻子小兰急了,便好言好语劝他。阿P听得烦了,就开导起小兰来,说做个诗人并不难,前些年有个诗人写了首诗,是写雾的,只一句话:你能永远遮住一切么?就这首诗,得了好几千元稿费。像这样的诗,我阿P一天能写他一千首。你别摇脑袋不信,现在,我就以你为题作首诗吧!

　　阿P清了清喉咙,想了想,满怀激情地念道:"啊,你是我唯一的爱吗?"

　　"什么,你外面还有情人?"小兰气得一下扑上来,阿P边躲闪边嚷嚷:"哎,这是作诗嘛!这是作诗嘛!"

　　"我叫你'湿','湿'个痛快!"小兰端起脸盆,将满满一盆水浇在阿P身上,随后一甩门,回娘家去了。

　　阿P捋了捋湿头发,感叹道:"哎,知音难寻啊!"

　　从此,阿P过起了有老婆等于没老婆的光棍生活,但他的决心没有动摇,每天坐在桌前,从清晨写到黄昏,从黄昏写到深夜,写了撕,撕了写,一会儿哭,一会儿笑,一会儿低吟,一会儿高叫,搅得街坊四邻不得安宁。

　　这天,隔壁的赵大爷实在熬不住了,用拐棍戳他家的窗户:"阿P,深更半夜的,你们家闹猫哪!"

　　阿P忙一字一句地纠正:"赵大爷,我是在作诗,懂吗?我是诗人!"

　　赵大爷哪肯相信,说:"你要能成诗人,这驴也会开口说话了。小子,我送你一首诗:城市不准养狗,时时总闻狗叫,众人循声寻找,原来人在胡闹……"

　　阿P一听,激动得一拍大腿:"好诗!好诗!啊!形象、生动,赵大爷,您老真是天才!"说着,阿P就开门去追知音。

就这样,三个多月过去了,阿P足足写了一尺多厚的诗稿。他用塑料布将这些诗稿小心翼翼地包好,又用尼龙绳扎牢,然后抱着它直奔青年出版社。阿P要出诗集了。

青年出版社的编辑很热情,答应先看一看诗稿,要阿P过几天来听结果。

阿P高兴得像小狗嗅着了肉香,回到家自斟自饮,想象着诗集出版的盛况:记者采访,报纸报道,厂长登门道歉,小兰主动回家投入他的怀抱,市里专门为他开报告会,他神采飞扬地介绍完诗歌创作的经验后,漂亮的姑娘上台向他献花……

三天后,阿P满怀希望地又去青年出版社。编辑把他的诗稿拿出来,苦笑着说:"阿P同志,对不起,你的诗作还达不到发表的水平……"

"什么,你说什么?你们懂不懂诗?"

阿P愤怒地抱起诗稿,又奔向另一家出版社。

一个月过去了,阿P跑遍了全市八家出版社,结果都是一样。阿P绝望了,他用几近乞求的口气对第九家出版社的编辑说:"您难道不能替我想想办法吗?难道这些诗非要等我阿P死后才能出版么?"

编辑笑笑说:"办法倒是有的,你可以自费出版呀!"

"那要多少钱?"

编辑算了算:"你这些稿子,若印两千册的话,要五千元,书出版后全归你自己去推销。"

五千元?阿P张大嘴巴半天没合上,他差点骂编辑的娘。可想想几个月的心血,街坊邻居的白眼,他不由来了雄心壮志,出!一定得出!哪怕砸锅卖铁,这诗集也得出!

阿P如何攒钱?只有一条路:卖东西!他卖电视机,卖电冰箱,卖洗衣机,卖一件阿P心里默默地念叨一遍:旧的不去,新的不来,紧追潮流,更新换代!念完了一阵窃喜:我真练出道行了,你看,出口成章,出口成诗。

一个月后,两千册散发着油墨香味的《阿 P 抒情诗选》印出来了。阿 P 一不做二不休,又花两百元在报纸上登了条广告,花三百元在新华书店租了一天柜台。干什么?他要利用星期天搞签名售书。

星期六,阿 P 洗了澡,理了发,修饰得容光焕发。晚上又练了半宿的字,直到把自己的名字"王福贵"三个字写得龙飞凤舞,才上床睡觉。

第二天,阿 P 早早赶到了新华书店,朝租来的柜台后一坐,把"青年诗人王福贵签名售书"的牌牌往柜台上一竖,静候知音。

到书店购书的人很多很多,但光顾阿 P 柜台的却寥寥无几。即便是来光临的"上帝",在翻看了他的大作后,真正掏钱买的也是凤毛麟角。

快打烊的时候,总共才卖出去六本,最后一名买者是个戴着酒瓶底眼镜的老人,他仔细翻看了一遍后,竟一下买了五本。阿 P 感到遇到了伯乐,忙问:"老先生在哪里工作?"

那老人说:"在'小苗诗刊社'。"

"啊,太好了,您老这是……"

"噢,我拿回去给本社的编辑看看,唉,如今这种东西也能当作诗来出版,真乃诗歌界的一大耻辱!"

"啊——"阿 P 几乎厥倒,没办法,他只好雇了辆三轮车,把一千九百多本诗集拉回了家。这一晚,他翻来覆去睡不踏实,心里愤愤不平:这个世界,懂艺术的人太少了!

睡不好,阿 P 才感到孤单,就想起了小兰。这几个月光顾写诗,把小兰都忘了,现在诗集出来了,也该接她回家了。

天一亮,阿 P 就用自行车驮了几十本诗集直奔乡下岳父家。

小兰见阿 P 来了,甚感突然:"怎么,你有空了?"

阿 P 满脸堆笑:"兰,亲爱的,在我诗集出版的大喜日子里,我来接你回家共享快乐!"说着双手奉上一本诗集。

阿兰接都没接,说:"你还没睡醒吧?"

阿P莫名其妙:"我,我,怎么啦……"

岳母忙过来打圆场:"别耍弄阿P了。"又对阿P说:"阿P呀,坐!坐!吃完午饭再回去不迟,我这就去烧火。"

不一会儿,一股股烟飘进来,呛得人直咳嗽,阿P到灶间一看,愣了,怎么呢?岳母正把他的诗集当引火纸往灶里填呢!

阿P叫道:"妈,那是诗集!"

岳母说:"可不是哩,湿极了,半天引不着……"

后来,阿P百般无奈又回到工厂上班了。不过有事没事的时候,他总得跷着大拇指说一句:"我阿P终归是出过书的人!"

年终,人事科发下职工调查表,让每个人填写,表上有一栏是"有何专长,有何成果",阿P大笔一挥,写道:"擅长诗歌创作,并出过专集。"

(范大宇)

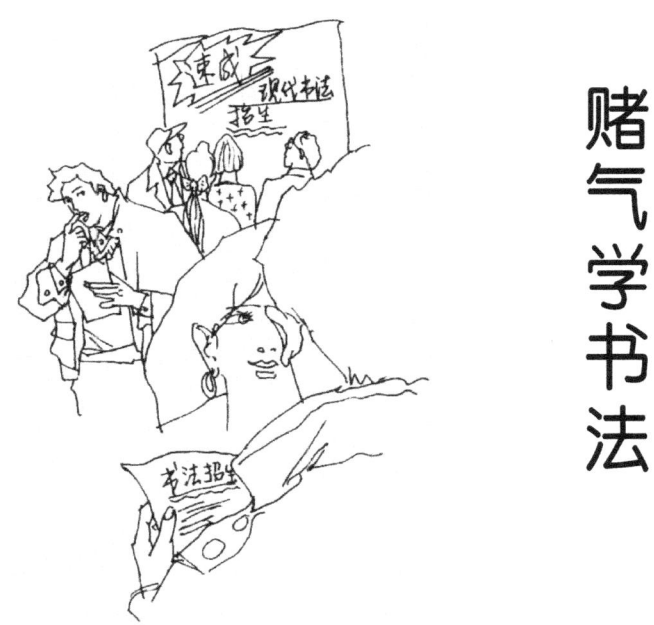

赌气学书法

　　阿 P 娶了媳妇成了家，按说总该舒舒心心地过日子了吧？可他心里老憋着一股火：哎，我也不缺胳膊不少腿的，可怎么在老婆面前总像矮了一截似的，瞧她那德性，对我说话神气活现的，这个家还要不要男人当了？想想隔壁人称"地不平"的拐子梁三上街，老婆挎着他胳膊那亲热劲儿，他不就是能鼓捣电器吗？阿 P 想到这儿，忽然开了茅塞，穿着鞋子就跳到了床上。他一下明白了：自己之所以不讨老婆喜欢，绝不是个头矮、脸皮黑，是因为少了一手绝活。我要是会点儿什么，就能出名。只要一出名，小娘儿就得围着我转，那会儿，老子还得抖抖咱男人的威风哩！

　　说一千，道一万，得出名才行。可怎么出名呢？就得学一手本事。学什么呢？阿P脑瓜够用，开始注意各种信息。他穿胡同，过街口，专门看那些花花绿绿的广告。终于有一天，他在牛耳朵眼胡同里第九根电线杆子上发现了一张极感兴趣的广告，那上面写着：向前看速成现代书法培训班招生，时间半个月，学费100元。凡有头脑者皆可学成为具有独特时代风貌的现代书法家。阿P开始有点嫌学费贵，可转念一想，为了出名，100元算什么，只当是给儿子买炮仗放了。于是便凑齐100元报了名。

有话则长，无话则短，一个月很快过去了，别看阿P肚里墨水不多，可这回是鸟枪换炮了。他来到画店，买了几张上好的宣纸，准备来几幅大作，一鸣惊人。阿P不愧是学现代书法的，书写方法果然与众不同。这天晚上，老婆正好上夜班，阿P把门窗一关，先空肚喝了四两白酒，然后坐在一旁酝酿感情。不一会儿，酒劲上来了，阿P把宣纸揉成团，又铺平摊在地上，故意撕了几个口子，抠了几个洞。

这时阿P已被酒闹得满脸通红，浑身发烧，他抽筋似地脱光了衣服，用手蘸着墨汁和各种颜料往身上乱抹一气，接着把脚伸到砚台调色盘中乱蹬乱踹，最后连头发上也沾满了墨汁和颜料。

阿P喊了一声"啊嗨"，就在宣纸上跳开了迪斯科。跳了一阵，又翻起了跟头，前滚翻，后滚翻，直闹腾得筋疲力尽，然后躺在宣纸上昏昏睡去。

直到金鸡高唱，阿P才从美梦中惊醒，一个鲤鱼打挺蹦了起来，可宣纸也被墨汁沾在背上，他又来了个《丝路花雨》中的"反弹琵琶"，把宣纸取下来，"嘶——"又撕了两个口子。阿P不禁大喜：这不正是艺术的突破口吗？

阿P对自己大作非常满意，只见上面五彩斑斓，手印足迹，甚至头发划的道道，无不具备，真是巧夺天工，要不是有超人的灵感，能搞出这一不用笔、二没有字的现代书法吗？说句时髦的话吧，真是"盖了帽"了，就冲它，还愁出不了名吗！出了名，还愁小娘儿不把自己放在眼里？

　　想到这儿,阿P简直不知道自己是谁了,他草草地洗了个澡,穿上一身西服,直奔美术出版社,去找自己一个远房亲戚侯立,让他先给出版了,然后发行国外。对,就出口到日本去,镇镇小鬼子。

　　阿P把作品摊在侯立面前,说明来意,侯立的脸"唰"一下白了。阿P在暗暗得意:真是惊人之作呀! 好一会儿,侯立才缓过劲儿来,他低声对阿P说:"你的作品这儿不好用,我给你介绍一个地方吧!""行,行!"阿P听了连连点头。"你出了大门过马路,对面有条背阴胡同,往里走40米,那里专收你这种东西。""好。"阿P一听,拿起自己的大作就往外走。侯立在后边又叮嘱了一句:"现在不行,要到晚上6点以后才能送去。"

　　阿P心急火燎,哪里能等到晚上6点,心里说:我先去认认地方吧。他出门进了背阴胡同,走了40米,抬头一看,墙上有块牌子,白底黑字十分醒目:晚6点以前禁止倒垃圾。"啊!"阿P不看则已,一看火冒五六丈,大骂侯立:"该死的家伙,怨不得说晚上6点以后呢,原来是垃圾站,拿老子开心,找他去!"当阿P怒气冲冲再次来到出版社时,侯立已经走了,给他留下一张条子,上面写着:

　　　　书山有路勤为径,学海无涯苦作舟。
　　　　大好光阴要珍惜,切莫空白少年头。

　　阿P出得门来,越想越气,"呸"使劲啐了一口,"竟敢捉弄老子!"他真想找个人说说,出出气,这时,过来一个戴红袖章的老大娘,没等阿P开口,先说话了:"小伙子,随地吐痰,罚款5角。"

　　　　　　　　　　　　　　　　　　　　　　(崔　陟)

阿 P 惹 祸 记

人会犯错误。这并不是因为得到真理很难，而是因为犯错误太容易了。

警察也难当

　　阿P一心想过过当警察的瘾,当年经过日夜奋斗,终于考上了公安学校。

　　今天,阿P从公安学校毕业,分配到城南派出所工作。一清早,他喜滋滋地去报到,正巧碰上市里召开物资交流大会,所长正在分配大伙上街执勤。他考虑到阿P刚来,就没安排他上街执勤,可阿P怎肯放弃这样的机会,他要抓一个扒手,在上级面前显示一下,给上级留下个好印象,因此缠着所长非要到街上去值勤不可,所长被缠得没办法,只好同意了。

　　阿P身穿便装,兴高采烈地来到大街上。这时街上人头攒动,车辆川流不息,人们喜洋洋地在挑选自己喜欢的商品。阿P两只眼睛鼓得像两个乒乓球,滴溜溜地转着,紧张地审视着一张张黑的脸、白的脸、胖的脸、瘦的脸，期望着从这些脸上发现一些蛛丝马迹。

突然，阿Ｐ发现一个农民打扮的老头儿，贼眉贼眼地瞄着一个年轻姑娘的上衣口袋，姑娘走到哪儿，老头儿也跟到哪儿。阿Ｐ心里忽然一亮：两眼瞄别人的衣袋，这是扒手的"职业习惯"。看来这是个老贼，对，肯定是个头儿，啊，今天开市大吉，抓条大鱼儿。想到这里，阿Ｐ的心激动得一阵狂跳，于是尾随在老头后面紧追不放，一直盯梢到中午。

这时，老头走进了一家饭馆，要了一碗面条，阿Ｐ也跟进饭馆，要了两个烧饼，一边慢慢咬着，一边两只眼睛不时地向老头儿扫来扫去。老头好像发现了阿Ｐ在盯他的梢，脸上立即露出紧张神色，面没吃完，忽然丢下饭碗，快步出了饭馆，一下挤上了正在关门的电车。阿Ｐ见煮熟的鸽子要飞，急忙把手里的烧饼一扔，大喝一声："站住！"几个箭步冲到车前，这时车门"�

"的一声，刚好夹住了阿Ｐ伸进车内的脖子。车上人一见，大叫："夹住脖子了，快开门！"车门一下又打开了。阿Ｐ也顾不得脖子疼痛，用眼往车厢里一扫，只见那老头正颤抖抖地往里缩，他大步冲过去，伸手抓住了老头的后衣领，大声命令道："把钱包交出来！"那老头立即高声叫道："有人抢钱了！有人抢钱了！"

车上的人听到叫声，又见一个小伙子抓住一个老头，硬逼人家把钱交出来，人们一下围过来，叫道："抓住这小子，送公安局去。光天化日之下抢钱，这还了得？"

阿Ｐ见人群围过来，知道如果人们真的认为他是抢劫犯，后果不堪设想。他忙将证件一亮，对老头大喝一声："我是警察，别耍花招，把钱包交出来！"人们一下明白是怎么回事，气愤地对老头吼道："把钱包交出来！敲断他的老骨头！"

老头望望四周气势汹汹的人群，颤抖抖地掏出钱包，哆哆嗦嗦地交给阿Ｐ，哀声说道："这可是我卖猪的钱啊！"

阿 P 摆出警察的气派,严厉地问道:"那么我问你,里面装的都是啥东西?"

老头可怜巴巴、毕恭毕敬地回答:"78 块 5 毛钱,还有 2 斤细粮票,5 斤粗粮票,还有一个 5 分、三个 2 分、四个 1 分的硬币……"

阿 P 一数,老头说的与钱包里的东西一模一样,心里感到事情有些不妙,忙又问:"你为什么老看人家姑娘的口袋?""姑娘的衣裳好看,我刚卖了猪,也想照那式样给我女儿买一件。""你见了我为什么要跑?"老头望了阿 P 一眼,说:"你跟我老半天了,我兜里有钱,被你跟得心里发毛,我还以为碰到盗窃贼了。我、我不知道你是公家人……"

听老头这么一说,阿 P 傻眼了,车上人忍不住"哄"地一声大笑起来,笑得阿 P 脸涨得通红,恨不能找个地缝钻进去。

老头见阿 P 这般窘相,忙说:"你也是为公家办事,我不怪你。"

阿 P 把钱包还给了老头,说:"算了,算了!"然后垂头丧气地下了车,双手插在衣兜里,闷闷不乐地边走边想:真倒霉,第一次就走眼了。继而一想,俗话说:吃一堑,长一智。咱下回不盯老的盯小的准行。想到这,阿 P 又开心地哼着山东小调,往派出所走去。

(王维浩)

违章驾摩托

　　阿P的儿子在五里路外的镇上读书,阿P平时都是用自行车接送的。不久,市面上风行轻便摩托车,阿P心头一热,也买了一辆,买回来才知道申领不到轻骑牌照,便急得双脚直跳,眼看3000来元买来一堆废铁,心里连呼上当。后来阿P看看别人也都在无证驾驶,便想:别人开得,我也开得,只要当心就行了,见了警察能躲则躲,躲不过就逃,逃不掉再讲。

　　这天晚上儿子睡得晚,早上醒来一看,离上课还有20分钟,便急得"哇啦哇啦"叫了起来:"爸爸不好了,要迟到了。迟到老师要罚抄课文的!"

　　阿P拍拍胸脯,对儿子说:"别急,爸爸用摩托车送你。"

　　阿P马上发动轻骑,带上儿子,神气活现地一溜烟开着上了路。从阿P家到镇上,当中必须经过一个十字路口,这个路口白天都有警察值勤。所以阿P车在公路上开,心却在喉咙口提着。因为阿P知道,他无证开车,要是碰到警察,随时有被扣车罚款的可能。

这世上的事还真那么巧。阿P开了没多少路,刚转过一个弯,就看见前面有个警察站在路边,正朝他这个方向张望。阿P心里一慌,一时不知踩刹车好还是加油门好,心里想:今天完了,重则扣车,轻则罚款,全取决于自己的态度了。

阿P心里正在猜测后果的时候,只见警察朝他猛地招了一下手。警察示意停车,阿P只觉得脑袋“嗡”地一下,赶紧来了个急刹车,儿子冷不防在他的背上重重地撞了一下。父子两个相继下了车。

谁知就在这个时候,阿P左侧“嗖”地开过一辆面包车,在警察跟前停住了,只见警察拉开车门就跳了上去。阿P这才闹明白,这警察不是执勤而是搭便车的,刚才招手也不是针对他,而是看中了他左侧的面包车,自己刚才是做贼心虚了。

阿P虚惊过后,再次发动车子上路,不过心里还有些慌乱,快到十字路口时,紧张得手心都冒汗了,一个劲地在心里说:上帝保佑,千万别碰上警察,让我顺利通过。

然而事与愿违,轻骑忽然不听使唤,不一会就自动熄火了。

关键时刻车子罢工,阿P心里一惊,不知道是什么原因,赶紧下车发动车子。可发动机就是不点火。车子不点火,他自己可发火了,在心里骂道:什么鬼车子,质量这般差,也拿出来骗钱?

这时儿子在一旁催:“爸爸快点,要迟到了,老师要罚抄课文的。”

阿P正没地方出气,这会儿见儿子也来凑热闹,便骂道:“你叫什么叫?罚抄课文有什么了不起?老子3000块钱都要泡汤了!"

儿子只得缩在一边不响了。

阿P继续发动车子,仍然发动不起来,折腾了半天,忽然发现下面的燃油开关关上了,不由大怒,朝儿子吼道:"你动了没有?"

儿子吓得脸色都变了,手护着头小声说:"刚才你刹车后下来,我以为要停一会的。所以就关上了。"

阿P铁青着脸说:"下次不准乱动!"说罢重新打开燃油开关,待油流下去后,一踩油门,车子终于发动起来了。

阿P松了口气,刚起动车子,马上又愣住了! 只见前面十字路口的树旁,早有一个警察在注视着他了。见他起动了车子,警察向他行个礼,随后左手向路旁一摆,示意他停车。

阿P强装镇静,偷眼朝后视镜中一望,看有没有面包车,或许那警察也是搭车的,可是,后面公路上空荡荡的,只有几辆自行车。

阿P心想:这下真完了,不会是针对别人的。他脑子里马上闪过一个念头:冲过去。他知道只要冲过去,或拐上小道,或加快速度到镇上,随便往哪儿一窜,那么警察肯定找不到他了,自己车上反正又没牌照。

但这只是一刹那的事,因为他立刻发现树旁停着一辆公安牌照的两轮摩托车,而且路口对面的红灯也亮了。他再硬闯红灯的话,一容易出事,二警察的摩托车速度要比他的轻骑快得多,不一会就会追上来的。阿P想好汉也吃一回眼前亏吧,便顺从地停下了车子。

警察上来说:"你这车不准上公路。"

阿P先来软的:"警察同志,帮帮忙,我送儿子上学,快要迟到了。"

警察可不吃这一套,说:"无证无照驾驶,你上公路是违章的。你自己说，是罚款还是扣车？"

阿P见警察盯住不放，还"征求"他的意见问罚款还是扣车，不由火了："怎么违章了？见鬼！我不能在公路上开，难道到房间里去开？再说我这车既不是自己私装的，也不是偷来的，是堂堂正正地到国家开的国营商店里用血汗钱买的。国家既允许商店卖出来，为何又不允许到公路上开，这不变成了成心串通起来骗我们老百姓的钱吗？我们老百姓积3000元钱买辆车就为了要放在家里看？就连我无证驾驶，也是你们造成的，我们没有地方去办证，是你们逼我们无证驾驶的。别说扣车，就是罚款也没门。这样的罚款等于敲诈！怎么样？没话了？"

阿P连珠炮似的一通话，说得那警察一愣一愣的。

就在这时候，对面的红灯变成绿灯了。阿P猛地一加油门，飞快地冲了过去。坐在后面的儿子冷不防惊叫了一声。

阿P教训道："叫什么！坐好！"

警察在后面大喊："喂，你停下，快停下，停下……"

阿P哪里肯听？既然逃离了虎口，怎能再送上门去？他不但不停下，反而越开越快。

阿P开了一段路，总算松了口气，看看快要到镇上了，他提起的心也落了下来。可那颗心还没落到底，又猛地提了上来。原来他从后视镜中看到那个警察开着摩托车正在后面追他。

阿P此刻只有一个念头，那就是不能束手就擒！谁知祸不单行，阿P刚要再加油门，猛然发现前面又站着一高一矮两个警察。阿P心里更紧张了：怎么搞的，今天是通缉我还是怎么的？好在阿P关键时刻还能急中生智，只见他举起左手就朝那两个警察招了一下。

这一下把两个警察弄迷糊了，高警察看看矮警察，以为阿P是矮警察的亲戚，矮警察看看高警察，当阿P是高警察的朋友。就这么两人一愣的当口，阿P一加油门朝前开去了。阿P此时此刻一心想早点进镇。只要一到镇上，就好比鱼游到了水里，人多车多，阿 P 和镇上的人来个"军民鱼水情"，警察就难追上了。

阿 P 连连加速，终于先一步把车子开到了校门口。他脚撑着地，不慌不忙地看了一下手表，头也不回地朝儿子喊道："正好，还有一分钟。快下车，放学爸爸来接。"

见后面没动静，阿 P 火了："怎么还不下车！刚才叫来不及，现在又……又……"阿 P 突然"又"不下去了，因为他回头一看，发现儿子不在车上，儿子不见了！阿 P 立刻大惊失色。

这时警察赶了上来，大声责问阿 P："你这人怎么搞的？叫你停车你不停车。你把儿子摔在十字路口都不知道，还开什么车子？你说你这水平不培训能开车吗？还嘴硬！快上医院去吧，我已经派人将你儿子送医院了。"

阿 P 这才明白：原来自己在十字路口猛加油门逃跑时，把个没有防备的儿子摔了下来，怪不得当时听到儿子惊叫了一声呢！阿 P 再也不敢还嘴，马上跟着警察，心事重重地朝医院赶去。

（韩仁均）

左右挨巴掌

　　昨天晚上,阿 P 经人介绍,认识了一个叫张美丽的姑娘。两个人一见面,倒也谈得来。他俩情蜜蜜、意浓浓,直呆到月儿当顶才分手。回到宿舍里,阿 P 开心得把个床板压得"格吱格吱"地响。常言说:男追女,像背牵;女要男,似射箭。姑娘只要有了情,那这婚事准成! 可是高兴之余,阿 P 又不免有点担心,自己眼下还住集体宿舍,一旦结婚,没新房可不行啊。

　　第二天,阿 P 起床,随手拿起一张晚报,只见上面有条银行举办房屋有奖储蓄的消息。阿 P 一见这消息,喜得一蹦三丈高。他自信银行举办房屋有奖储蓄,不参加便罢,参加了,那二十五平方米横套间的头等奖,非他莫属! 嘿嘿,有了房子,张美丽就飞不了。有了房子,有了老婆,到明年,就会养个大胖儿子,哈哈,自己就做爸爸啦!阿P越想越开心,越想越带劲,又仔细看了看报纸。这一看,他叫一声"不好",原来报上登着发售奖券到今天上午结束。去晚了,一切希望都成泡影了。所以,他脸不洗,牙不刷,急匆匆朝银行冲去。

银行门口,人山人海,一条弯弯曲曲、首尾相衔的长蛇阵,围着路边街心花园,绕了一圈又一圈。阿P看到这个阵势,心里像火烧城隍庙——慌了神。他不怕排队时间长,只怕排到自己奖券售完,弄得房子落空,娘子飞走,竹篮打水一场空。怎么办?阿P眼珠子骨碌碌一转,办法来了。

阿P走到队伍前面,见一个姑娘,厚厚的嘴唇,一副憨厚相。他就一脸堆笑,不伦不类地招呼:"朋友,帮帮忙。"姑娘见他挤眉弄眼、嬉皮笑脸的样子,不想和他啰唆,把脸一转,不理他。阿P急了,从袋里摸出五张十元钞票,戳戳姑娘的手背:"朋友,反正买奖券不限数字,你帮了我的忙,一遭生、二遭熟,今后便是自家人了……"姑娘的手背被阿P撩得痒痒的,又听他说这话,当即沉下脸来,说:"请你自重些,再不正经,我要叫纠察啦!"

阿P抓抓脑壳,实在弄不明白,自己到底哪点不正经。正要解释几句,只见有个纠察走来,指着身后一位抱小孩的女子,对大家说:"同志们,这个抱小孩的女同志,她在后面等了好长时间,请大家照顾一下,让她先买一张吧!"排队的都没意见,先让那位女子买了。

阿P一见,眼前一亮,他马上朝街心花园奔去。街心花园里,有好多小孩在玩耍。他见有一个小女孩,一个人扶着栏杆在学步。阿P见小女孩身边没有大人,就悄悄走过去,一把将她高高抱起来。小女孩回头见是个陌生人,张嘴正要哭,阿P连忙从裤袋里摸出一粒糖,塞进小女孩的嘴里。这一招还真灵,小女孩鼓着小嘴,不哭了。阿P开心呀,他抱着小女孩飞步奔到银行门口,找到那个纠察,气喘喘地说:"同志,我也是抱小孩的,请照顾一下,帮帮忙吧……"

纠察朝他看看,觉得这张脸好像有点儿熟,便怀疑地问:"这是你的孩子?"

阿P又摸出一粒糖,逗那小女孩,说:"快叫,叫我一声'爸爸'……"

说来有点玄,那小女孩吃了糖,真的叫了声"爸爸"。阿P开心得哈哈大笑,对纠察说:"童言无假,这该相信了吧?帮帮忙咪,让我先买一张……"不料,阿P话音未落,"啪"脸上就挨了一个大巴掌,阿P一抬头,没想到女朋友张美丽也来买奖券,正横眉怒目望着他,骂道:"有了孩子还来找我谈恋爱?你这个骗子!"

阿P急忙解释说:"美丽,这孩子不是我的啊!"说罢,把孩子随手丢在地上。谁知这小孩竟双手抱着他的腿,"爸爸、爸爸"地哭起来。

这下,阿P满身是嘴也讲不清楚了。他指指小女孩,对张美丽说:"这孩子真的不是我的。谁是她的爸爸,谁就是王八蛋……"

"啪!"阿P这话刚出口,脸上又挨了一个大巴掌。阿P昏咚咚睁开眼,见一个五大三粗的大汉,一头大汗,满脸怒容地站在自己面前。原来,他正是小女孩的父亲,刚才他给孩子去买块冰砖,一转身孩子不见了,好不容易找到这儿,又听到阿P在骂"王八蛋",气得举手就给了阿P一巴掌。

阿P捂着脸,笑着走到张美丽面前,说:"现在你可以相信我是没孩子了吧?这孩子要是我的,就不会挨这第二记巴掌了……"不料,张美丽听也不要听,自顾自走了。

阿P捂着火辣辣的面孔,傻乎乎地站在那里,半天才一跺脚说:"这么凶的女人,没结婚就打我,结了婚还不爬到我头上拉屎!走吧,走吧,走得越远越好!"这么一说,阿P又心平气和了。

（黄宣林）

赌气钓公鸡

　　有一天，阿P听人说王家村有个王阿狗，这个王阿狗别看他平时好吃懒做，游手好闲，可偷鸡却有绝招：钓鸡。咋钓呢？他拿一粒大个黄豆，用一根结实的尼龙绳从黄豆当中穿过，然后再在绳的一头打个大疙瘩，黄豆就牢牢地系在了绳的一端。见到要偷的鸡，把黄豆扔过去，鸡一啄，他就用力扯动尼龙绳的另一端，黄豆就卡在鸡的喉咙里，吞不进、吐不出，还叫不出一点声音，就这样他把鸡拽过来，往外套里一塞，堂而皇之，扬长而去。

　　阿P听了，顿时乐得手舞足蹈，连声叫高！

　　阿P为啥对偷鸡这么有兴趣，难道他想去偷鸡？不，不，阿P虽做过不少错事、傻事，可偷他是不会干的。他所以有兴趣，另有原因。

原来阿P有个表姐在农村，阿P一有空就去表姐家做客，表姐家养了一群鸡，其中有只小公鸡，这公鸡个儿虽小，但红冠白毛，特别好看，它啼叫的声音，又长又脆，十分悦耳，阿P就喜欢听它的啼叫。

表姐村上有个刘大嫂，她家也养有一群鸡，其中一只大公鸡，全身上下黑漆漆的没一根杂毛，那鸡冠红得发紫，就像闪光耀眼的红宝石，这只鸡分量也够足，有五六斤，走起路来身上的肉一颤一颤，好不威风。

这只大公鸡可是刘大嫂眼中的一块宝，但阿P却对它恨得不得了，因为这只大公鸡专门欺侮他表姐家的小公鸡。有好几次，阿P亲眼目睹大公鸡追啄小公鸡，啄得小公鸡血流满面仍不罢休！看到这种以大压小、以强欺弱的行为，阿P岂能忍受？他想帮小公鸡的忙，可一想人和鸡斗，不大像话，而且这大公鸡刁得很，阿P一吆喝，它就"喔喔"叫。阿P发狠要教训教训它，就是苦于一时想不出个好办法，今天他听了王二狗的偷鸡绝招，感到这办法妙极了。

这天，阿P又去表姐家做客。说来也巧，今天刘大嫂家没人，阿P从敞开的院门望去，见房门紧闭着，院内很安静，那只大公鸡正懒洋洋地窝在地上晒太阳。阿P心中不禁一阵窃喜：真是天助我也，此时不下手更待何时？他一个猫跳窜入院内，踮着脚摸到了大公鸡旁。

大公鸡见有生人窜到跟前，心里很不高兴，因为大公鸡这两天正闹肚子，一天到晚吃了拉，拉了又吃，搞得心烦气躁，肝火上升。现在刚吃饱喝足，本想好好休息休息养养神，可刚打了一个盹，就被人惊醒，你说它心情怎会好得了。此时，大公鸡已一个"金鸡独立"站了起来，抖了抖身上黑油油的羽毛，眼睛瞪得溜圆。

阿P学着王二狗的做法，从兜里摸出尼龙绳，用手捏紧一头,把另一头系着的黄豆扔到大公鸡的脚下,大公鸡眼珠一翻,瞅准黄豆,毫不客气地猛啄了下去。说时迟,那时快,阿P猛地一拽尼龙绳,那粒还没完全吞下的黄豆正好卡在了大公鸡的喉头上,大公鸡顿时乱了阵脚,头摇脚蹬一阵挣扎,阿P使出吃奶的劲,一点点把大公鸡拽到了跟前,把尼龙绳在大公鸡脖子上绕了个圈,两头用力一拉,大公鸡白眼珠一翻,腿蹬了两下,不会动弹了。

阿P也不管大公鸡死活,把它往外套内一塞,他那肚皮跟孕妇一样,顿时隆起了一座小丘。他急匆匆地出了刘大嫂的院子,就往他表姐家跑。他打算狠狠教训大公鸡一顿,还要让小公鸡狠狠啄啄它,让小公鸡扬眉吐气!

阿P刚走了一段路,忽然感到闷在衣内的大公鸡有了动弹,身体一挣一挣的,像是想往外窜。他赶忙手脚铆足了劲,把挣扎的鸡按得紧紧的,小跑着向前赶去。眼看到表姐家门了,突然,衣服内"噼扑、噼扑"一阵排气声,随后就闻到一股刺鼻的腥臭味。阿P低头一瞧,禁不住叫出了声,只见顺着衣角向下流淌着白里带红、黏乎乎的鸡粪。

原来,大公鸡刚刚是晕了过去,但在阿P热乎乎的怀中一闷,一口气不禁悠悠地转了回来,睁眼一看,眼前黑乎乎的,张开嘴想啼一啼,喉咙口又被卡住了,叫不出声来。大公鸡心里又惊又怕,再加上本来又闹肚子,就把刚才吃的满满一肚子料毫无保留地全部在阿P怀中撒了肥。

阿P见自己的西装和里面新买的羊毛衫被这该死的瘟鸡弄脏了,一时气得狠狠捶了几下那隆起的小丘。就在这时,突然和迎面走来的一个人撞了个满怀,阿P抬头一看,是表姐。

表姐见他肚皮隆起,里面还在蠕动,不断地往下流淌着鸡粪,惊讶地问:"阿P,你是干啥呀?"

阿P尴尬地笑道:"我是替小公鸡报仇!"

　　当表姐听阿 P 说了原因后,笑得弯下了腰,说:"你呀,真是狗逮耗子多管闲事。你把衣服弄得这么脏,回去看小兰不骂死你! 快,快把鸡放了,让刘大嫂看见,还当你是偷鸡贼呢!"

　　大公鸡放走了,阿 P 看看自己衣服被弄得又脏又臭,好不气恼。但当他见那只狼狈而逃的大公鸡完全失去了往日的威风,又咧嘴笑了。

　　　　　　　　　　　　　　　　　　　　　(张建军)

罚款碰钉子

农闲季节,阿P闲得难受,决定到城里去打工。他向到城里去打过工的邻居阿O讨教经验,阿O告诉他,城里别的没什么,就是动不动罚款吃不消。阿P忙问怎么个罚法。阿O说反正撒尿要小心。阿P吃了一惊,不解地问:"怎么,城里人不撒尿?"阿O说:"那倒不是,就是撒尿得到专门的地方去撒。"阿P忙自作聪明地抢着说:"茅坑是不是?"阿O纠正道:"城里人不叫茅坑,叫厕所。"阿P说:"阿妈叫老太婆,反正一样。"阿O说:"不过,找厕所也有个窍门,就是要找破一点的,或者是单独的小便池,否则也得买门票。"阿P又一惊:"怎么像看戏一样?那多少钱一次?"阿O见多识广地说:"那说不准,反正得按质论价,好的厕所2角,差的厕所1角,也有收到1元的,不过总比罚款合算,罚款起码 10 元。"

请教过阿 O，阿 P 打点行装乘火车来到城里。

阿 P 进了城，阿 O 提醒的小便问题倒无须担忧，根据他观察下来，那些戴袖章的老头、老太的主要罚款对象，是随地吐痰和乱丢烟头。吐痰问题他一点不怕，现在问题最大的是乱丢烟头。阿 P 抽烟有三个特点：一是香烟差，二是瘾头大，三是烟头随手乱丢，老习惯了。在乡下这样做没人指责，可到了城里就没这个自由了，一不小心就犯规。城里街头这些戴袖章的老头、老太特别多，阿 P 就像钻入了天罗地网，幸运的是，他总一次次化险为夷，转危为安。

这一天阿 P 又上街找工作去了，走着走着，忽然烟瘾上来，便掏出廉价烟点上抽了起来。阿 P 不知道，他一点上烟，早有一位戴袖章的胖老太悄悄地跟了上来。阿 P 不知不觉间，一支烟已吸了大半，那胖老太也盯得更紧了，唯恐目标突然消失。盯着盯着，胖老太发现阿 P 做了个丢烟头的动作，便忙撕下罚款单猛冲过去。与此同时，旁边又奇迹般地杀出了一位瘦老太，也撕下罚款单冲到了阿 P 的面前。

阿 P 面对两张罚款单大吃一惊，忙问干什么。那两个老太同时说他乱丢烟头，罚款 10 元。这边阿 P 还没有回话，那边两个老太倒争吵了起来，胖说胖有理，瘦说瘦有理，都说是自己先发现的。两老太争吵了一阵，最后达成协议，每人 5 元，这才罢休。阿 P 见俩老太不吵了，矛头又一致对准了他，便理直气壮地说："我没丢烟头，怎么要罚款？"俩老太一看，果然见烟头仍在阿 P 手指间，便一下子目瞪口呆，不知所措。原来他刚才那个动作是弹烟灰，而不是扔烟头，但那弹的姿势也太像扔了，以致两位见多识广的老太都受了骗，只得眼睁睁地看着阿 P 夹着烟头扬长而去。

阿 P 一边走一边想：刚才幸亏自己急中生智，才没让那两个老太罚到款。他看那烟头，还有一公分多，怎么舍得扔掉呢？便又狠命地吸了起来。这一天，阿 P 兜来兜去，没有找到一个需要打工的单位。他把气都出在那两个老太身上，都是她们害的，多管闲事！

第二天，阿 P 又出去找工作。走着走着，他不知不觉地又抽起了香烟。因为心情不好，他忘了昨天的教训，吸着吸着就把烟头随手朝地上一丢。烟头刚从阿 P 手中掉下，昨天那个胖老太又冷不防从哪里窜出来，递给阿 P 一张罚款单："罚款！怎么又是你？今天你还有没有话说！拿来，10 元。"阿 P 起先冷不防吓了一跳，但急中生智，只见他稍一愣，就极自然地弯下腰捡起烟头，塞到嘴里吸了一大口，然后悠然地吐出烟圈，不慌不忙地说："谁说我扔烟头啦？我是不小心掉了，我还要抽的。难道在你们上海，丢了东西也要罚款？真是岂有此理！"胖老太被阿 P 一顿抢白，弄得一愣一愣的不知说什么好了，看阿 P 这副样子，知道再说下去也是白搭，只好悻悻地拿着撕下的罚款单找别的对象去了。

俗话说"冤家路窄"，这世上的事，巧的时候竟连自己也不相信。

第三天阿 P 出去，竟然又碰上了胖老太。当然两人都是无意的。阿 P 出门，照例点上香烟，边走边吸；而胖老太执勤，也照例凭经验盯上那些有可能乱扔烟头的对象，一见目标，就悄悄地盯上。阿 P 并不知道自己又被暗中盯上了，而胖老太也没在意自己盯上的人又是那个难对付的阿 P，她眼睛只盯着阿 P 手中的烟头。阿 P 习惯成自然，又想着找工作的心事，烟头便又随手往地上一扔。胖老太又条件反射一般地举着罚款单飞奔过来。胖老太活到老学到老，通过昨天的教训，已经研究出了新的对付办法，只见她奔过来后，来了个"手脚并用两手抓"的方针，手里递上罚款单，脚下踩着香烟头，看你还能拾起来再抽？胖老太声色俱厉地说："罚款。10元。"阿P抬头一看,竟又是胖老太;胖老太也看清了,这次碰上的竟又是这个难弄的阿P。她怕阿P又生出什么新花样来,正想着怎么开口,阿P却一把拉住她说:"怎么?我的烟不小心掉到地上,你却有意踩掉,你得赔我。"胖老太一听,气得说不出话来。真是太岂有此理了!

胖老太呆愣在那里,阿P却攻势不减,非盯着她赔不可。最后,胖老太被搞得没法脱身,只得试探着问:"那你说怎么赔?"

阿P心里本来对胖老太神出鬼没地盯着自己很不满,这会儿见她让步了,便得寸进尺地说:"看你这么大岁数了,出来挣钱也不易,就赔一根吧!"

胖老太问:"一根多少钱?"阿P说:"我不要钱,我只要一根香烟。"胖老太没法,只得掏钱去买了包烟,然后抽出一支给阿P了事。

阿P得胜而去,一边走,一边不知不觉又把手里的烟点上了。不过他也算是得出了一条结论,那就是:坏习惯在城里行不通。

他不知道,此刻,从他走过的商店门口人丛里,钻出一位老头,盯在了他的身后……

(韩仁均)

梦游帮贼忙

　　不知怎么搞的,阿P突然患上了梦游症,莫说他家里人不知道,连他自己也是茫然无知。

　　这不!这天夜深人静时,阿P突然从床上爬起,开门走出村外,沿着村前的机耕道直往前走。也不知走了多远,一台手扶拖拉机横在机耕道上,挡住了他的去路。阿P四下一看,见不远处有团光亮在晃动,于是便离开机耕道,顺小路直朝光亮处走去。原来有两个彪形大汉正在那里宰杀一头耕牛。那两人全神贯注忙得不亦乐乎,以至阿P走到跟前才刚刚发觉。

　　那两人愣怔了片刻,其中一个堆着笑脸说:"啊!是阿P哥,你咋知道我们……"

　　阿P毫无表情地站在那儿,瞪着双眼一言不发。

另一个人说:"阿P,够朋友的话就帮帮忙,少不了有你一份好处。"

听说要他帮忙,阿P机械地从那人手中接过牛刀就干了起来。阿P早年当过屠工,杀猪宰牛当然不在话下,不到一个小时,这头牛就四肢解体、五脏搬家了。

那两人慌慌张张地把牛肉往手扶拖拉机上搬运,末了,留下一整条牛腿给阿P,说:"阿P哥,这条牛腿算今晚的酬劳,以后还少不了你的好处,但此事千万别声张出去,事情到了这一步,我们就是一伙了,你自己也该识相点。"说完,"突突突"开着手扶拖拉机走了。

阿P木讷了一阵,扛起地上那条牛腿往回走,到了自家门口,他把牛腿往大门外的墙上一靠,无声无息进了家门,钻入被窝,不一会就打起呼噜来了。

第二天清早,阿P的媳妇小兰起床后,陡然发现大门外墙根下靠着一条血淋淋的牛腿,顿时吓了一跳,急忙回房推醒阿P,说:"你快起来看看,门外有条牛腿。"

阿P睡眼惺忪,但一听"牛腿"两字,立刻一骨碌爬了起来。他昨晚夜游宰牛,此刻醒来固然不知,但他有一大嗜好,就是爱吃牛肉,平日里只要听说哪里杀了牛,或摔死甚至病死了牛,他赶几里路也要去弄几斤肉回来解解馋。阿P兴致勃勃地跑出大门,弯腰从墙根下提起牛腿,用鼻子闻闻,又用手摸摸,惊喜地说:"嗨,还蛮新鲜的呢!"

"死鬼,"小兰在一旁提醒他,"看你这副馋相,可别忘了,这是条来路不明的牛腿。"

"管他呢,"阿P简直口水都要流下来了,"先割两斤炒了下酒,送上门的口福,不吃白不吃,大不了以后给钱么。"

小兰可不这么看,嘀咕着说:"馋鬼,我怕你吃得进屙不出呢,盗杀耕牛是犯法的事,人家避都来不及,你还想饱口福?"

小兰这一说，阿P打了个冷战，头脑清醒了许多，便强咽下满口涎水，把牛腿扛到村长家。

岂料大清早，村长家里已经挤满了人，村北寡妇谢小田正在那儿哭哭啼啼的。阿P以为是谢小田与哪家子闹纠纷，便不管三七二十一，大大咧咧地扛着牛腿往屋里挤。他把牛腿往村长脚前一放，说："村长，我是来报案的，昨晚不知是谁把条牛腿搁在我家大门外，清早小兰起床开门时才发现的。"满屋子的人都愕然不已。

那哭哭啼啼的谢寡妇见了牛腿，扳过牛蹄子一看，边沿有一圈白毛，立刻杀猪般地尖嚎起来："哎呀呀，这正是我家那条水牯牛。哪个天杀的把它偷杀了，不得好死哟，呜呜……"

哭着哭着，谢寡妇倏然扔下牛腿，一把抓住阿P的衣襟，说："阿P，你与偷牛贼一定有联系，要不怎么偏偏把牛腿搁在你家门外呢？你不赔我牛，我到法院告你。"

谢寡妇一闹，阿P顿时又气又羞，跺着脚说："狗日的偷牛贼，平白无故把牛腿扔在我家门外，想栽赃坑害我，抓住了非挖他家灶头不可！"

村长见这阵势，一把拉开谢寡妇，说："你别胡闹，人家阿P偷了你的牛，还能把牛腿背来报案？你怕是气昏了头。"

村长把两个人都劝回家，随后急匆匆赶到乡里，向乡派出所报了案。派出所李所长当即找阿P了解情况，阿P左一个"不知道"，右一个"不知道"，除了说那牛腿是他家小兰在大门外捡到外，其他什么都说不上来。李所长见问不出个所以然，就让阿P回了家。

谁知阿P到家一看，小兰在房里哭哩。原来村里已经流言四起，有的说全村只有阿P会宰牛，除了他谁有能耐放倒一条活牛；有的说阿P至少是同案犯，要不然咋会有一条牛腿送他？甚至还有的说阿P是假报案，当了婊子还想立牌坊……阿P有生以来从没受过这种窝囊气,整整一天都在后悔自己真不该扛着牛腿去报案,白捡白吃谁又能奈何什么!由于心情极坏,天一落黑,草草扒了几口饭就拉着媳妇关门睡觉了。

第二天清早,小兰照例早起做饭,开大门时突然发现门缝边有一个牛皮纸信套。她拾起一看,里面有一张信纸,还夹了一张百元钞票。小兰大吃一惊,急忙叫醒阿P看信。信是这么写的:

阿P:

　　　你守口如瓶,真够朋友,特附现钞一百元,聊表谢意。还望你继续以义气为重,日后定当重谢。

信尾没有署名。阿P看得莫名其妙,肺都气炸了:送了牛腿又送现金,变着法儿把我往贼船上拉,真他妈的撞鬼了!

小兰根本不知道阿P有夜游症,所以也感到事情蹊跷得很。两个人一商量,觉得这事儿不及早捅破,贼还不知道要在他们身上打么子主意,便毫不犹豫地把信款直接送到派出所,交给了李所长。

经过十来天的明察暗访,盗宰水牛一事有了结果,原来这是谢寡妇邻居张家两兄弟所为。他俩平时好吃懒做,自己不愿下力挣钱,于是就干起了偷鸡摸狗的勾当,及至那天把坏脑筋动到了谢寡妇家的水牯牛身上。两兄弟对自己犯下的罪行供认不讳,交代中自然把阿P端了出来,于是阿P被"请"进了派出所。

人证、物证俱在,光凭赌咒发誓是开脱不了罪责的。可是让阿P交代什么呢?阿P什么也不知道呀!案卷交到公安局预审股,阿P也被关进了拘留所。阿P一向生性耿直、疾恶如仇,想不到今天会莫名其妙落到阶下囚的地步,遭此打击后,整天沉默寡语,长吁短叹。

这天,拘留所里出了件怪事。所里买回两立方米杉筒,司机因为急着要回家,把杉筒卸在坪地上走了。此时天已擦黑,所里干部准备第二天安排人搬运,谁知第二天清早,两立方米杉筒已整整齐齐堆码好了。管教干部一查,一位上了年纪的人犯报告说那事是阿P干的,他正好半夜起来小解,亲眼看到的。管教干部问阿P,阿P矢口否认。这回,他是梦游做下了好事,他自己一点不知道。

由此,阿P参与盗宰水牛一案终于有了合理解释,经过权威医生鉴定,公安局宣布阿P无罪释放。

阿P在拘留所整整呆了十五天,回到家里与小兰抱头痛哭了一场。哭罢,他从衣兜里摸出一把崭新的铁锁,交给小兰,说:"医生说我患的是梦游症,以后晚上睡觉,你得把门锁上,免得我又跑出去干糊涂事。蹲监房的滋味不好受啊!"

(杨　沙)

阿 P 当 官 志

忘乎所以的掌权人，往往会做出令人啼笑皆非的事来。

集资当校长

阿P做生意攒了一小笔钱，又见眼下办私立学校相当红火，就约了几个哥儿们，哥儿们又约了些不甘心在公立学校受寂寞的老师，办起了"鲁速私立学校"。

学校设初中、小学两部，共召集了18个志同道合的精英。分工时，这个说，我是中文系毕业的，该教语文；那个说，我是数学系毕业的，该教数学……末了，只有阿P不好意思地说："我只读过一年半的高中，可是……起码学校是我发起的，更何况……"大家异口同声地说："那你当校长！"

于是，阿P当起了校长。

当校长当然得有个校长样，在老师、学生面前都不能掉价。一天，数学老师来找他诉苦，说是一些有权有钱的子弟基础差得没法教,连最简单的公式:单位不同不能相加,都记不住,已经讲过 13 遍了。

"你把最典型的两三个找来,我亲自启发他们!"阿 P 说。

两个学生被找来了,他们一个是书记的儿子,一个是厂长的儿子。阿 P 先问书记的儿子:"你家有几个人?""3 个。""养了几只猫?""2 只。""养了几条狗?""4 条。""那么一共是多少?""……"书记的儿子答不出来,于是阿 P 就问厂长的儿子,厂长的儿子也答不上来。阿 P 拍拍这两个孩子的肩膀,和蔼可亲地说:"知道了吧?人叫几个,猫叫几只,狗叫几条,人和动物怎么能加在一起呢?这就是'单位不同不能相加'的道理!"

厂长的儿子点点头,书记的儿子也显出恍然大悟的样子,数学老师更是敬佩得不得了,说:"阿 P 校长真高明,我是枉读了四年的大学,这些深入浅出的道理就是想不出来,"阿 P 得意起来,大言不惭地说:"不要灰心,慢慢学嘛。"

再说土地管理局傅副局长有个儿子,起名"傅清",因为和"父亲"同音,那小子也邪气,谁一叫他的名字,他就老声老气地答一声,引起在场人的哄堂大笑,所以几个班主任推来推去,谁也不愿收下这名难喊出口的学生。最后阿 P 不高兴了,说:"各位枉受了多年的教育,这也值得怕?我老 P 保证他爹三个月内给他改名!"最后小傅清被安排在甲班,甲班班主任的脸色特别难看。

傅副局长一向为能给儿子起了这么绝的名字而得意不已,虽然他儿子因为名字难喊而得了"毛蛋"、"首乌"之类的一大串诨名,他也觉得无所谓。这天,他在和几个同事们吹他如何会起名时,见阿 P 走进来,就笑嘻嘻地递上一支烟,然后问起儿子的学习情况。阿 P 告诉他,小傅清头脑聪明,是个可教孺子。然后用征询的口吻说:"只是他那姓名……局长能不能给改改?"

"不行,不行,不行!"傅副局长头摇得像上足了发条,"这名字不同凡响,一改就俗了。"

阿P笑笑,说:"您可别后悔哟!"

傅副局长连说不会后悔,他的同事们都笑得前仰后合。

一天,市长来鲁速私立学校视察,当地领导前呼后拥,傅副局长也在。阿P在会议室里烟茶水果招待,聊了一会,傅副局长又问起他儿子的情况,阿P用浑厚的男中音恭恭敬敬地汇报:"您的傅清是有些调皮,但我们有把握管好您的傅清,"他有意把"傅清"两个字说得特响,引起了在座众人的注意。

"您在家也要管好您的傅清,咱们齐心合力,您家傅清一定会有进步的……"看着在座的人都惊愕不已,阿P又提高嗓子对大家说,"各位有所不知,傅副局长的儿子就是他的傅清。傅副局长把他的傅清送到我们学校来,这是对我们学校的大力支持和信任!我们全体教师都下决心管好傅副局长的傅清,让他的傅清茁壮成长……"

在座的人笑得前仰后合,吐茶喷烟,傅副局长脸色发紫。

第二天,傅副局长亲自把儿子送到学校,要求给儿子改名。全校老师都对阿P增加了几分敬佩。

半年后,学校被勒令停办,理由是土地征用不合法。

阿P仰天长叹,退了学生的学费,开了老师的工资,他净贴了十万八千元!不过想想总算当过一回校长,他觉得挺过瘾。

(韦家定)

科长真风光

　　阿P最近发福了,挺起他那"将军肚",往人前一戳,就像个大干部。为此,阿P动不动就问工友:"喂,看我像不像个科长?"大伙拿他开心,就喊他"科长"。

　　阿P做梦都想当科长,想不到还真让他梦到了。

　　这一天,厂长叫人把阿P找来,一进门,就通知他去广州参加订货会。阿P以为自己耳朵出了毛病,他晃晃脑袋,眨眨眼睛,又捏捏耳朵,这才说:"厂长,您看您,拿我当猴耍呀。"

　　其实,厂长没开玩笑,前几天,阿P帮厂里修好了一台进口机器,厂长一直想对阿P"意思意思",现在有了出差机会,厂长便顺水做了一次人情。"阿P,这事是厂务会定的,火车票都给你买好了,后天中午的车。"

阿P说："厂长，我哪会订货。再说，我只是个工人……"

厂长胸有成竹："订货会订货会，可订也可不订，你的主要任务是多交几个朋友，扩大咱们厂的影响。关于你的身份么，我也替你想好了。你既然是代表我们厂子出去，就是钦差了。钦差大臣见官大一级。当然，这是老话，你嘛，出差这些天，就是咱们厂的科长！"

什么，我阿P真的成了科长？阿P高兴得真想扑上去，在厂长的秃脑门上亲一下。

阿P坐着火车，一路浏览风光，那滋味儿要多美有多美。一到广州，就有人举着大牌子接站，阿P上前分发名片，接着握手、寒暄，随后钻进小轿车，"嘟——"地被送到了宾馆。

当晚，是欢迎宴会，十个人一桌。开吃前大家互换名片，这个说："幸会幸会！"那个说："久闻大名，今后多多关照哟！"然后就是觥筹交错，干杯！干杯！再干杯！有人还念起民谣："人生难得几回醉，喝伤了肝脾喝伤了胃……"阿P补充道："能喝不喝也不对，对不起革命老前辈！"大家齐声欢呼："好！"

宴会过后是卡拉OK和舞会，气氛很是热烈。

有人点名叫阿P科长唱一首"潇洒走一回"，阿P本不会唱，可经不住这些人起哄抬轿子，于是硬着头皮，盯着荧光屏，哼哼着"留一半清醒留一半醉，何不潇洒走一回……"

刚唱完，就博得齐声喝彩。阿P晃晃脑袋，沾沾自喜地寻思：敢情我还有唱歌的天赋，过去咋就没开发呢？看来我今后还可以搞搞第二职业，挣点烟酒钱哩。

直到深夜，阿P才回到房间，冲了个澡，整理了一下收到的名片，一数竟有九十九张！

他刚要休息，"叮咚"门铃响了。开门一看，是大会会务组的几个人，笑容可掬地问对接待有什么意见。阿P咧嘴笑着说："太周到了！太周到了！"

为首的张科长说:"阿P科长是大厂的领导,赶明儿,我们去贵厂取经,可别不认我们哟!"

阿P一拍胸脯:"放心,到时尽管找我!"

订货会开了五天,阿P什么货也没订,只是吃喝玩乐,临散会,还得了一大包礼品。

阿P回到工厂半个月了,还沉浸在广州生活的韵味里,肚子腆得高高的,工装的上兜里总别着两支钢笔,一张嘴就是:"我当科长那些天……"没事时爱哼哼"留一半清醒留一半醉……"

这天,阿P正在车间上班,厂办赵秘书叫他:"阿P师傅,电话!"

电话,谁打电话找我? 阿P进了厂办公室,抄起话筒,里面传来一个既陌生又有点熟悉的声音:"是阿P科长吗?"

阿P答也不是,不答也不是,"嗯"着问:"你是——"

"哎呀,贵人爱忘事呀。我是广州的老张呀!"

阿P记起来,是广州订货会接待组的张科长,忙问:"噢,是张科长,你好呀! 你现在——"

"我就在你们市,住在白云宾馆,很想请你过来叙一叙啦!"

阿P只好说:"我就来! 我就来!"

放下电话,阿P思来想去,不知如何对待,只得去请示厂长。

厂长听完,沉吟道:"我叫秘书给你们车间打个招呼,给你半天假。"

阿P试探地问:"人家来了,总得招待顿饭吧,这招待费……"

厂长笑笑,说:"你交的私人朋友来了,怎么能让工厂接待? 这样吧,接待费你自己负担十分之一,其余由工厂报销!"

阿P一肚子不高兴:怎么,我为工厂办事,还让我掏钱? 又一想,不是才掏十分之一吗,我终归还是占了便宜。再说,又可以过过科长的瘾了。这样一想,赶紧回家换衣服,又揣上钱,匆匆赶到白云宾馆。

张科长来了一家三口,说这次是旅游,因昨晚到得太晚,所以没有惊动阿P科长,先住下了。

阿P这时已完全进入了角色,摆出公共关系科科长的架子,天南海北地胡侃。不一会儿,到了吃饭的时辰,忙请张科长一家到宾馆内的松鹤厅用饭。

身穿红旗袍的服务小姐递上菜单,阿P不失风度地递给张科长:"请!"

张科长也不客气,浏览了一遍,就点上了:"油爆大虾,清蒸大闸蟹,燉甲鱼……"

阿P粗粗一算,不由暗暗叫苦,这顿饭得两千来元,我出十分之一,也得两百来元。乖乖,半个多月的工资啊,这当科长的代价也太大了。阿P走了神,直到张科长叫了他好几声,才醒过神来。

张科长打趣道:"阿P科长吃饭时还考虑工作呀。请问,您喜欢喝什么酒,五粮液还是茅台?"

阿P心说:我他妈在家只喝二锅头。可嘴上却说:"随你,你喜欢什么就点什么!"

不一会儿,酒菜摆上来了,堆了满满一桌,光彩夺目,十分诱人。阿P眼睛一亮,转忧为喜:嗯,这桌菜四个人肯定吃不完,呆会儿,我可以"打包"呀,这样,我们家一个星期不用买菜了。

正在这时,又一位小姐走近,轻轻地问:"哪位先生是阿P科长?"

阿P一愣,问:"什么事?"

小姐嫣然一笑:"先生,你们工厂来电话。"

阿P一喜,哈,许是厂长怕我难堪,要出面接待张科长吧?厂长出面宴请,嘻嘻,我连十分之一的钱也不用掏了。于是三步并作两步跑到柜台旁接电话。

电话是赵秘书打来的："是阿 P 科长吗?"

阿 P 左右扫了扫,用手捂紧话筒:"小赵,别跟我开玩笑,我是阿 P,有什么事?"

赵秘书仍不改口:"阿 P 科长,平顶山市机器厂来了一位副厂长,一共五个人,说是你的私人朋友,点名找你的,你赶快去接待一下。"

阿 P 直想骂娘,我招谁惹谁了,这些人全凑到一起来找我,再这样下去,我这个科长真要脱裤子卖家当了。

阿 P 嘴里骂咧咧地回到餐桌旁,张科长一家已经吃饱了,见了阿 P,嘴里一个劲地感谢:"阿 P 科长,真是太谢谢你了……"

听到有人称自己"科长",阿 P 又有些飘飘然了,管他呢,我先过把科长瘾再说。这么一想,阿 P 又笑了。

(范大宇)

忍痛买戏票

　　阿P在日本混了两年,回上海后被沪东厂张厂长相中,聘请他担任厂里的公关先生!

　　最近张厂长关照阿P:"北京总公司的王总经理隔两天要到我们厂里来指导工作,到时要看你噱头了。"张厂长见阿P似乎不大"拎得清",忙解释道:"我们厂正在评文明单位,你把王总招待满意了,我们厂上等级就有希望。换句话说,全厂一千多位职工加一级工资也有了希望。"阿P听懂了,当即乐得眉开眼笑,把胸脯拍得震天响。

　　不几天,王总来了,他先到厂里兜了一圈,然后在张厂长和阿P的陪同下进了"杏花村"大酒店。酒足饭饱之后,王总用牙签剔着牙齿,笑眯眯地问:"上海晚上文娱活动有什么特色?"

锣鼓听声话听音，阿P立刻像背书似地介绍："王总，上海文娱活动丰富多彩：看戏有沪剧、越剧、滑稽戏，音乐茶座有卡拉OK，跳舞有乐队伴奏，歌星演唱……"阿P报了一大串，王总却摇摇头："我是北方人，喜欢看京剧。"阿P听了脸上露出惊喜的神色："太巧了，这几天周信芳先生艺术会演正在上海举行，据说参加演出的都是周先生的得意弟子。"王总一听，顿时来了精神："好！好！那就请你帮我弄两张明晚的票子。"

张厂长朝阿P扫了一眼，阿P见自己能被领导委以重任，浑身当即轻飘飘的，一口答应道："王总请放心，我马上去给您弄来！"

阿P当即赶到剧场，走到售票窗口一看，不由得脸色骤变，原来那里高挂一块"客满"牌子，戏票早卖完了！阿P想起自己在厂长面前拍过胸脯，现在两手空空，如何回去交账？阿P越想越急，像热锅上的蚂蚁，在剧场门口转了一圈又一圈。

阿P走投无路的样子，全被旁边一个黄牛票贩看在眼里，他笑眯眯地凑上来问："哈哈，朋友，戏票要哦？"阿P眼睛发亮，忧愁一扫而光，"要、要，我要两张明天晚上的。"

黄牛票贩见此人是个"洋冲头"，便决定狠狠斩一刀，只见他伸出一个手指，慢吞吞地说："朋友，不过要翻跟斗！"阿P晓得商品经济都得讲经济效益，于是爽快地点点头："行，就翻一只跟斗。"黄牛票贩惊叫起来："朋友，时下行情你懂吗？我要翻10只跟斗！"阿P当时像只白鹅，头颈只会一伸一伸，他看清对方戏票是6元一张，翻十只跟斗变60元，2张戏票竟要120元！到底买不买？阿P想起张厂长的话，把牙齿一咬，"反正羊毛出在羊身上，买！"

阿P乐颠颠地捧着两张戏票回到厂里，张厂长听了他的汇报，高兴得连连拍他的肩胛，还称赞他头子活络，接着大笔一挥，同意买戏票的钱报销！阿P松了一口气，刚想再吹嘘两句，突见厂长皱紧眉头叹了一口气:"这两张戏票座位太蹩脚了,22排18座、20座。这种票子我也没有胃口看,哪能请领导看?"

张厂长埋怨归埋怨,但事到如今也没了办法,只好吩咐阿P拿着戏票,一齐匆匆到宾馆去见王总。

此刻,王总坐在沙发上悠然自得地品尝着咖啡,坐在他旁边的是另一家工厂的李厂长,李厂长与张厂长是同行也是竞争对手,两位厂长在此相遇都有点尴尬。李厂长在公文包里取出两张戏票,恭恭敬敬递给王总,张厂长在旁边看得心跳加速、血压升高,大骂自己来迟了。王总接过戏票后瞟了一眼,立刻神色冷淡,随手把戏票扔在桌上。张厂长斜眼一瞧,戏票的位置是18排2座、4座。

这时阿P见王总不领李厂长的情,很是高兴,要紧想从袋里掏戏票,张厂长倒吸一口冷气,要死了,人家18排都看不中,你那两张22排的,不是更要自讨没趣吗?他赶紧拍了一下阿P的肩膀,对王总说:"王总,你要的京戏票,我们明天一定给你送到。"说完起身告辞。阿P两眼白瞪白瞪,还不知是怎么回事,但见厂长起身,也只得跟着出了门。

回到厂里,张厂长神情严肃地对阿P说:"明天你什么事也别干,集中精力再去搞两张戏票,位置要10排之内,不惜一切代价!记住了,完不成任务,那你的公关先生位子我要重新考虑了。"

第二天晚上,离京剧开演还有一个小时,阿P急匆匆地赶到宾馆,王总和张厂长在餐厅进晚餐,他们看见阿P脸色惨白,右眼眶有一个青紫的"皮蛋"微微肿起,嘴角唇处隐约有鲜红的血丝,身上的西装又脏又皱,胸前一根领带断裂成半截,活像一个从前线回来的伤兵。

阿P看见领导好似看见了亲人,眼泪汪汪,可怜兮兮。张厂长见阿P这副狼狈模样,情知不妙,急忙叫他坐稳了慢慢讲。阿

P用手帕抹抹头上的冷汗,断断续续讲了他的遭遇:"我有个老朋友在京剧院工作,今天我花了5个小时才找到他,横讲竖讲讲了很多的好话,总算弄到两张今天晚上的京剧票,8排10座、12座。"张厂长听到这戏票已圆满解决,兴奋得跷起大拇指,笑着连声说:"好!好!快拿出来。"

阿P低下了头,结结巴巴地说:"厂长别急,后来……后来……"他咽了下口水,艰难地说下去,"为了早点赶回宾馆,我把戏票放进皮夹里硬挤上一辆公共汽车,汽车里的人特别多,当时身旁一个年轻人拼命朝我身上挤,我晓得碰上了扒手,当机立断,半途下车,抄近走小巷急急赶路,当我走到一条又暗又窄的小马路时,突然一前一后来了两个彪形大汉,'啪啪'两把弹簧刀逼了上来,一个顶住我的前胸,一个逼住我后背。我想起皮夹里的两张戏票,就奋力反抗,可是寡不敌众,才几下子,我就被他们打得眼前金星乱舞,昏厥过去。当我醒来时,歹徒已经逃跑,再摸摸口袋,皮夹也无影无踪了。厂长,你交给我的任务没完成,我对不起你,也对不起王总。"说完,放声大哭。

王总毕竟是领导,气派不俗,他摆摆手:"不要难受了,这事不能怪你。虽然我没有看到戏,但我领你的情。张厂长你们厂里职工素质不错啊!"张厂长听王总说这话,一块石头落地,也对阿P热情起来:"阿P,辛苦了,早点休息吧!"

阿P哼着小调喜滋滋地回到家,一进门,妻子小兰大呼小叫地喊起来:"杀坯,叫他们下手轻点,怎么把眼睛都打肿了。痛吗?"阿P头一歪,嘴里念开了京白:"还好,还好。唉,王总要看戏,厂长拍马屁,逼急我阿P,只好吹牛皮。夫人啊,多亏了你的锦囊妙计……"

(孙炳华)

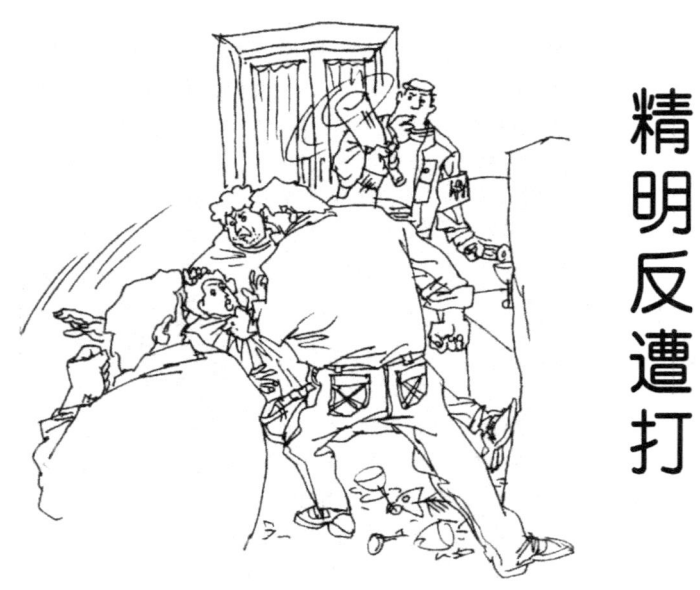

精明反遭打

常言道:有福不用忙,无福跑断肠。最近,阿P时来运转,当上了工纠队的小队长。原来,事情是这样的:栅打地区的人好酗酒,常有人喝醉了酒闹事,为了加强当地治安,上级决定派阿P到那里去刹住这股歪风。

阿P上任第一天,就接到"香香酒吧"的报警,说是有一个酒鬼在那里寻衅。阿P是新官上任三把火,踌躇满志,很想做一件露脸的事让上级和手下人看看,于是他立即集合起队伍。临出发前,阿P觉得对付一个酒鬼,如此兴师动众,显不出自己的能耐,所以临时改变主意,只挑了一个身高马大、外号叫"大黑熊"的工纠队员跟自己一起行动。

阿P和大黑熊赶到香香酒吧,见那酒鬼摔瓶砸凳,正闹得不可开交。阿P一见，捋了捋胳膊上的袖章，神气活现地大喝一声："住手，走，到派出所去！"

酒鬼见胳膊上套着红袖章的工纠队员来了，酒吓醒一半，身子一斜，夺门便逃。大黑熊眼疾手快，一把扭住了酒鬼。阿P心中发急了，刚才我一声吼，地动山摇，这头功该是我的，哪能让大黑熊抢去。想到这里，他忙要紧上前，却不料，那酒鬼猛地从大黑熊手中挣脱，挥起右拳，照着阿P脸部狠命就是一拳，阿P只觉得鼻子一酸，眼前金星直冒。当他慢慢清醒过来时，那酒鬼早已逃得不知去向。

这一下，阿P不由勃然大怒，他朝身边的大黑熊嚷道："你为什么不去追那混蛋？""队长，我怕您有什么危险。""胡说，我阿P练过气功，这一拳还不是搔痒痒？"说到这里，阿P突然心中一动，不解间："那混蛋为什么不打你？""这、这，报告队长，我这样的身坯，在栅打地区是从来没人敢碰的。"听大黑熊这样一解释，阿P顿时像泄了气的皮球，再也作声不得。

过了几天，"甜甜酒吧"又有人报警，说有人喝醉了酒在那里撒野。这次，阿P接受了上回挨打的教训，他在队里挑了一个又矮又瘦、外号叫"小瘦猴"的工纠队员，心中还暗暗得意：常言道"柿子拣软的吃"，这次酒鬼真要敢反抗，想来定会把小瘦猴作为进攻的目标，自己伺机抓住酒鬼。

阿P和小瘦猴赶到甜甜酒吧，只见那酒鬼是个1米90、体重250斤的拳击手，此刻他正骂骂咧咧要朝外跑。阿P忙堵住大门，做了一个武林高手发功的架势："呀……站住！"那拳击手一愣，但很快嘴角露出一副不屑一顾的冷笑，挥挥拳头："小子，晚饭没吃饱？"

阿P一看对方那拳头，肉鼓鼓、厚墩墩，就像一只大铁锤，双腿不由自主地打起颤来：妈呀，谁要挨上这一拳，年夜饭也不用烧了。但这时，许多人都大睁着眼，阿P又不能打退堂鼓，所以他一只手把小瘦猴朝前推，一只手紧紧握住电棍，心里已经盘算好，趁那人挥拳打小瘦猴的空隙，自己用电棍制服他。岂料，拳击手并没有被"鱼饵"所骗，只见他跨上一步，猛地一把推开小瘦猴，没待阿 P 反应过来，一记漂亮的勾拳就把阿 P 打得惨叫一声，"扑"地栽倒在地。

这次，阿 P 足足在医院里躺了 3 天，待他回到队里，拳击手已经蹲进了拘留所。小瘦猴向阿 P 汇报审理结果。阿 P 似信非信，沉着脸问："当时，你在前，我在后，那拳击手为什么偏偏打我？""报告队长，"小瘦猴要紧解释道，"拳击手已经如实坦白了，他说我的身子连轻量级都不够，他怕一拳将我打死，所以才把你作为靶子。"阿 P 听了，疼得心头直打颤，恨得嘴唇直哆嗦，可肚肠发痒就是没法搔！

阿 P 办了两桩案子，白白挨了两次打，总觉得丢了面子，他发誓要把第三把火烧旺，让大家看看，阿 P 不是那种见风拉稀的可怜虫。

不久，"乐乐酒吧"又来电话报警。这次，阿 P 吸取了上两次挨打的教训，喊来大黑熊和小瘦猴，趁着夜色，摘下自己胳膊上的红袖章，把电棍朝裤腰上一塞，用衣服遮住，心里好不得意，这次，大小靶子都带上，吃咸吃淡任人挑，等他们打得差不多了，我出其不意一亮相，非亲手逮几个小毛虫不可。

当阿 P 他们三人气喘吁吁赶到乐乐酒吧，那里早已乱成一锅粥，只见椅倒桌歪，满地尽是碎瓶子，一群小流氓正在那里大打出手。阿 P 一努嘴，示意大黑熊和小瘦猴冲上去。小流氓见工纠队员来，一声口哨，各自夺路而逃。阿 P 他们赶上去阻拦，几个亡命之徒狗急跳墙，猛地围拢过来，瞅准阿 P 拳打脚踢，只听"劈里啪啦"一阵肉搏声响，阿 P 当时就给打晕过去。

也不知过了多少时间，阿 P 才慢慢醒来，他越想越犯疑：真是怪事呀！自己带个身坯大的，挨打；带个身坯小的，也挨打；大的小的都带上,到头来还是挨打!难道我身上的肉香,专门招苍蝇?不对,葫芦有藤事有因,此事内中一定有花头。阿P坐不住了,他在医院里拨了个电话,得知那帮小流氓已全部捉拿归案,便顾不得伤痛,摇摇晃晃回到队里,亲自审理这桩案子。

阿P要面子,他赶走了所有工纠队员,朝那帮小流氓喊道:"我是阿P队长,你们老实交待,为什么不打和尚,不打尼姑,专打我阿P?"

小流氓闻听,顿时惊慌失措:这个不起眼的乡巴佬竟是工纠队队长?阿P见他们一个个低着头不吱声,"啪"从墙上拿下电棍,吓唬他们:"说不说,再要隐瞒,我就用电棍撬开你们的嘴巴。"

"我说,我说。"终于有个胆小的开口了,"报告队长,当时您没戴红袖章,我们还以为您是一般老百姓,心想……""想什么?快说!"旁边的人也感到事态严重,忙一起跟着表白道:"我们想同样是拒捕,打老百姓,可能比打工纠队员罪要轻些,真没想到您是个头……"阿P闻听,一口气没上来,差点翻了白眼:妈妈的,老子真是聪明一世,糊涂一时啊!阿P越想越气,刚要发作,转而一想,嘿嘿,那些大作家不都说要体验生活吗?我阿P的生活经历算得上丰富多彩,将来一定能当上作家!想到这,他摸着后脑勺又笑了起来……

(吴　伦)

扶贫看错人

　　阿P每当从电视上看到贫困乡村的镜头，心里就格外不是滋味。他很想去农村帮助农民们脱贫致富，可自己不过是工厂里的一名小工人，实在无能为力。忽然有一天，厂长找到阿P，让阿P火速到市轻工局扶贫工作组报到。这是咋回事呢？

　　原来，市轻工局响应上级号召，要组织一个工作组到农村开展扶贫工作，局机关人手少，只得从下属企业抽调临时成员。阿P听厂长讲明原委，高兴得差点蹦起来。这真是天遂人愿啊。第二天一早，阿P按规定带上行李被褥，随五六人组成的扶贫工作组出发了。下午4点，工作组来到了一个偏僻的小山村，村长闻讯热情相迎。这里条件实在太差，工作组被安排到一座阴暗潮湿的破庙里住下。

扶贫组进村的消息传到村上一个无赖汉的耳朵里，这个无赖汉名叫李二氓，自幼被爹娘宠坏，长大后吃喝嫖赌、坑蒙拐骗，活活把爹娘气死。李二氓家里穷得叮当响，只剩下爹娘留下的3间漏雨的茅草屋，但他恶习不改，时常干些偷鸡摸狗的勾当，派出所进进出出十几次，最近刚被放出来。这天夜晚，李二氓躺在床上反复琢磨：这扶贫组是城里人，腰包里肯定不缺钱，若能跟他们套上近乎，说不定能讨上个大便宜。主意既定，李二氓天不亮便跑到破庙，当着扶贫组的面一把鼻涕、一把泪地哭诉起来。阿P不免动了恻隐之心，正要表态，组长使了个眼色制止了他。上午，扶贫组找村长了解情况，村长专门把李二氓平时的表现讲了一遍，最后嘱咐："小心被他耍了。"

阿P却不甘心，他想浪子回头金不换，难道李二氓真的不可救药？思来想去一整夜，阿P横下一条心要"啃"李二氓这块硬骨头！如果李二氓真的脱贫致富并改邪归正，这不正显出我阿P的本事吗？第二天，他一早便找到组长，拍胸脯保证要把李二氓扶上正路，发家致富。组长看阿P决心这么大，就答应了阿P的请求，临末还叫他多加注意。

阿P不愧是阿P，深知攻人先攻心的策略，他自掏腰包买来酒菜，和李二氓交上朋友，还把随身带来的香皂、毛巾、洗发精之类的东西送给他，让他洗澡换衣，培养爱美之心。别看李二氓平时蓬头垢面，经阿P一番拾掇，还真像那么回事呢！把个阿P看在眼里，喜在心里。

这天，李二氓"阿P哥长、阿P哥短"地叫过之后，转弯抹角要向阿P借5千块钱办养鸡场。阿P心里一热，说："办养鸡场？这主意不错，不过，要从小到大慢慢发展，我明天去给你买几只品种鸡，鸡生蛋，蛋孵鸡，功到自然成。"李二氓撇撇嘴说："阿P哥，照这样啥时能致富？"阿P不厌其烦，又对李二氓讲起"一口吃不成胖子"的道理。

阿P果然信守诺言,第二天就为李二氓买来1公3母4只又肥又壮的红光鸡,花了200块钱。接着,又在院子里垒上围墙架上鸡网,开始了养鸡场发展计划。一转眼20天过去了,阿P挺认真,每天坚持帮助李二氓喂鸡,"咸操萝卜淡操心",李二氓自己倒轻松不少。

根据上级规定,工作组下来扶贫时间为一个月,中间有4天假期可以回市里休息。这天,阿P告别李二氓离开山村,阿P前脚刚走,李二氓就操起明晃晃的菜刀,逮住了一只"咯咯"叫的母鸡。20多天来,他望着肥嘟嘟的红光鸡,早就一个劲地提溜着口水,只是碍于阿P他一直没有下手。这下可逮着机会了,他手起刀落,垒灶生火,只一个小时的工夫,风卷残云般地将这只母鸡落下了肚。李二氓一边打着饱嗝,一边思量:那个阿P回来,自己该怎么应对呢?

他在村口转悠的时候,碰到了正在干活的村长。他满脸堆笑,凑上去问:"村长,您忙着呢,阿P哥他们会不会按时回来?"村长抬起头来,没好气地说:"怎么啦?又想叫阿P掏腰包给你买酒?告诉你,以前村上来工作组多了,说是住一个月,我看能住10天半个月就不错了,他们哪还会再回头?"

听了村长的这番话,李二氓心里甭提有多高兴了,心里悬着的石头立刻落了地。于是,他一天1只鸡,等阿P风尘仆仆赶回来时,养鸡场里只剩下一堆鸡毛了。

阿P一看傻了眼,他把几本讲科学养鸡的书和几袋鸡饲料一扔,抓住李二氓的衣领大声喝问:"你为什么欺骗我?"

李二氓定了定神,把头一偏,耍起流氓来,反问道:"阿P同志,是你们工作组欺骗我们还是我们欺骗你?"阿P一愣。李二氓接着说:"你们走后,我去问村长你们啥时回来?村长说你们不会回来了,只是过过场而已。你这一走,我又没钱买饲料。这鸡若饿死、饿瘦,倒不如我吃了。"

　　阿 P 松开李二氓的衣领,气急败坏地找到村长质问。村长苦笑一声,说道:"真对不住,这话是我说的。以前有不少工作组都是这样,谁想到你们这个组这么认真,我真是瞎眼了。"村长一个劲地检讨。

　　阿 P 一下子明白了许多,心中愤愤不平:怪不得农民兄弟对一些工作组有意见,原来他们专做表面文章给上头看,这下害得我阿 P 白白赔了 200 多块买鸡钱! 可再一想,他又得意地吹起口哨:"OK,咱阿 P 总算扶过贫了!"

(刘金涛)

阿P闯荡篇

外面的世界很精彩,但不妨多一个心眼。

难吃的酒宴

　　阿P出差在外,闲得无事,就在街上溜达。他正想跨进华联商厦,突然左胳膊被人拽住,那人嘴里说着:"你好啊,朋友。"

　　"你是……"阿P一边打量着面前这位三十来岁的汉子,一边在记忆深处寻找这是哪一方朋友。

　　那人见阿P茫然不知所措的样子,笑着直摇头,说:"你呀,真是贵人多忘事,怎么连我都记不得了?"

　　阿P想:我的朋友是不少,可印象中绝对没这个朋友,便问:"你是不是看错人了?"

　　"哪能呢!你不仅是我的朋友,还是我的救命恩人!"那人口气十分肯定地说,"上个月的今天,也是在这家商厦门口,我胆结石病突然发作,疼得倒在地上打滚,那么多的人围观,却没有人上前帮我一把。后来,是你背着我去医院的,多亏了你!"

阿P想,上个月的今天? 不对,那天我正在杭州出差,怎么可能出现在这儿? 我敢肯定,可能是有一个人长相和我相似,他是张冠李戴了。

可是那人又上前一步,紧紧握住阿P的手,十分激动地说道:"叫我怎么感谢你呢? 你真不愧是活雷锋啊!"

阿P现在完全相信自己的判断:他是张冠李戴了! 心里说:让我当活雷锋,好事一桩。于是,他便顺水推舟:"没什么,这是我应该做的!"

那人掏出香烟,递给阿P一支,说:"那天,你为我挂了号,拿了药,就急着赶去上班了,连你的尊姓大名我都没来得及记下,想给报社写封表扬稿都没写成,这下子碰上你,真是太好了。对你这样的好人好事,就应该好好表扬。"

阿P煞有介事地说:"不必,不必。俗话说,相助何必曾相识,助人为乐也是我们中华民族的传统美德,区区小事,何足挂齿!"听这口气,仿佛他真是那个做好事不留名的英雄。而且,说了这话后,他也一点不觉得脸儿发烫。

那人笑道:"看我们俩,站着说个没完没了的,走,到南国大酒店去坐坐,顺便喝上几杯,我作东。"说着,他不由分说,拽着阿P就走。

来到南国大酒店,两人入座,不一会,一桌丰盛的酒菜就摆在了他们面前。虽说这是无功受禄,可阿P却是一点儿也不觉得惶恐不安。

那人又是给阿P夹菜又是给阿P斟酒,嘴里说着:"别客气,喝吧! 吃吧! 说实在的,我总以为我再也见不着你了,报答不了你的恩情,要是那样,我这一辈子都不会安宁。"

"你太客气了,让我过意不去。"阿P一仰脖子,一杯酒下了肚,火辣辣的,呛得他直翻白眼。

　　"知恩图报,理所当然!"那人又替阿P斟满了酒,左右看了看,挨近他悄声说:"我还有一事欲求你呢。"

　　阿P打着饱嗝,醉醺醺地说:"咱们都是老朋友了,有什么事你尽管讲,只要我能做到的,决不会推却。"

　　那人笑眯眯地说:"真不好意思说出口,那天在医院,我把钱包给你,让你去挂号拿药,你忘了把钱包还我,就急匆匆地上班去了……"

　　"什么? 钱包?"阿P仿佛被螫子咬了一口,猛地站了起来。

　　"别急!"那人扶阿P坐了下来,"我不是要讨回那钱包里的几百块钱,那就算我的一点谢意。但是,包里的那只戒指,是我老婆当年送给我的定情物,她要是知道我弄丢了,准会与我闹个没完。不怕你笑话,我又是出了名的'妻管严',所以,你一定要把那只戒指还给我。"

　　阿P此时虽有几分醉意,但心里明白:此时,我纵然有一千张嘴,也没法说清楚。他暗暗骂着自己:阿P呀阿P,你咋这么浑呀! 这酒可是苦酒呀!

　　阿P见那人仍然笑着,那金灿灿的门牙在他面前直晃晃。一时间,阿P觉得不知怎么开口,他灵机一动,装成醉汉,"扑通"一声倒了下来。

　　阿P人倒下来,心里在说:妈妈的,你想诈我呀! 哼,还嫩着点呢? 真的假不了,假的真不了。你要是诈骗犯,敢不敢和我去派出所? 这么一想,阿P心定了,暗暗笑了……

　　　　　　　　　　　　　　　　　　(常新成)

住店难风流

今年，阿P额骨头碰上天花板，花五元钱买张奖券，一夜间竟中了特等奖，拿得奖金三千元！阿P那个高兴呀，当街打了三个滚。

有了钱，阿P就想到"外面的世界很精彩"，他决定出门去开开眼界。

阿P来到一座城市，东逛西游玩了一天，到了晚上，他想找家旅店住下。有人神神秘秘地告诉阿P，如今这年头，只要肯花钱，便有那"特殊服务"，专门有漂亮姑娘来伺候你。人家讲得有鼻子有眼，把个阿P馋得直流口水，他也想去开开"洋荤"。

阿P找了家小旅馆住下，服务员小姐挺热情，忙前忙后地围着他转，临走还问："先生，您还有什么要求？"

　　阿P心中暗喜，果然有"那个"，但毕竟是第一次做这事，还有些不好意思，吞吞吐吐地试探道："你们、你们有特殊服务吗？就是那个、那个解闷儿……"

　　服务员小姐一听明白了，脸上微微一笑，马上介绍道："有，有，我们这儿十元、二十元……一百元的都有。"

　　阿P想：我得先问问价码，别给人家当傻瓜斩，于是又问："十元的怎么服务？"

　　"我们有服务员陪你吃饭、喝酒。"

　　阿P想，她陪我吃饭喝酒，花我的钱？不干！便又问："二十元呢？"

　　"陪你到房间里喝茶说话。"

　　"三十元呢？"

　　"三十元可以给你按摩。"

　　阿P见这些服务离他的要求还远，不由又问："五十元的怎么服务？"

　　"陪你洗澡，替你搓身上的灰呀。"

　　"一百元的呢？"阿P越问越猴急。

　　服务员小姐"格格格"笑起来："你是聪明人，不用再朝深处问啦。"

　　阿P一听，心领神会，当下爽快地掏出一百元钱，朝桌面上一放，大大咧咧地说："我今晚就要一百元的特殊服务！"

　　服务员小姐收下钱，又热情地将阿P送到单人房间里，说了声："请稍等。"便出门去了。阿P腾云驾雾，正美滋滋地想着好事，"咣当"一声门响，进来一位彪形大汉，说话声如洪钟："客人，请进洗澡间。"

　　阿P愣了愣，但很快明白了，这是做准备工作，于是乖乖地跟着那大汉进了洗澡间。

　　澡盆里已放满了水，那大汉手脚麻利地替阿P剥光衣服，然后又是运气，又是活动手臂，开始帮阿P搓灰。开始阿P还能咬着牙坚持，到后来直搓得全身发红，如火烧般疼痛，实在忍不住了，像杀猪般地叫起来，那大汉才停住手。

阿P回到房间，心想：这里的姑娘也太爱干净了，这样搓灰谁吃得消啊？这时，门又"咣当"一声响，阿P心中大喜，花一百元雇的姑娘来了，他连忙忍痛爬起来，抬头一望，不由倒吸一口冷气，又是那个彪形大汉，只听那大汉说："先生，请进洗澡间。"

"哎呀，我已经洗过一次了！"

"可你交了一百元，应洗两次澡。本店信誉第一，不尅扣旅客，我再帮你搓一次。"

阿P这才弄明白，一百元的特殊服务是这样，吓得又是摇头，又是摆手："我、我不要了。"

送走大汉，阿P只觉得浑身火烧火燎，好像脱了层皮，再想想付出的一百元钱，更是忿忿不平。不过过了一会，他又自言自语起来："妈妈的，花一百元钱，让儿子替老子搓灰，值！"

（顾文显）

乘驴车被斩

最近阿 P 发愤学画,技艺突飞猛进,大有后来居上,新星闪烁的趋势。为了能在北京举办个人画展,阿 P 又利用一个月的假期,自费去名山大川写生作画。

不过俗话说得好:在家千日好,出门一时难。阿 P 出门时带了足足 2000 元钱,谁知,这钱就像手掌上的一汪水,眼一眨就渗没了。阿 P 山穷水尽,只好提前打道回府。

他在旅馆拿到今日下午 3 点 30 分的火车票。看看表,现在是中午 12 点 30 分,算算路程,从小镇到火车站还有 20 多公里,坐公共汽车大约需要半个小时。

阿 P 一路小跑赶到汽车站,一问才知最早的一班车也得下午 4 点开。他立即就急出了一脑门汗。坐火车可不像开大会,晚到可没人等你,再说兜里也只剩20来元了,耽搁不起呀。

阿P正一筹莫展,"忽啦啦"围上来六七个人:"大哥,去哪儿?""师傅,搭我的车!"

阿P见是一帮个体出租车司机,眼睛顿时一亮,挺有气派地一挥手:"别吵,让我挑辆车。"走了几步,突然想起一桩大事,连忙又问:"去火车站多少钱?"

"嗬,一看先生这派头肯定是大老板,给50元吧。""这……太贵了!""那少要您点,给30元吧!"

"30元?还贵!师傅,再便宜点。"

一帮人见碰上了穷瘪三,好不失望,"叽叽喳喳"地取笑道:"便宜,坐毛驴车去啊!"

这句话倒是提醒了阿P,这地方还真有专门搞运输拉客的驴车。也真是说曹操、曹操到。这时候从西边慢悠悠过来一辆驴车。车老板是个五十岁出头的汉子,还没到跟前就伸出一个巴掌,挺爽气地说:"我只要5元。"阿P大喜过望,"噌"地跃了上去,还对着那帮个体司机扮了个鬼脸。

毛驴在秋日的午后,一步一步不慌不忙地往前走。阿P有点不踏实,试探地问:"老板,我是3点半的火车,来得及吗?""来得及!"车老板说完,眯起眼睛,打起盹来。

半个小时过去了,驴车还没蹭出2里地。阿P一算,照这个速度,得黄昏才能到火车站,于是赶紧摇醒车老板,说:"老板,你是否快点?"

老板嘿嘿一笑:"行,再掏5元加快费!"

阿P惊得差点滚下车来,忙问为什么?车老板撇撇嘴开导道:"嘿,真是个大傻冒,你坐火车不是还有加快费么。"

没办法!加!阿P添了5元。驴车果然快了起来,有时毛驴要去路边吃青草,车老板就用木棍敲敲驴屁股,驴呢,只好"改邪归正"。

又是半个小时过去。阿P看看路边的里程碑，发现只走了12公里，还有一大半路程呢！阿P发起火来："老板，你这个速度，是成心不让我上火车啊！"

车老板也不计较，仍是客气地回道："同志，快车就这个速度，您要再快，对不起，再掏10元特快费吧！"

阿P气得真想撩起手掌给车老板两记耳光，但手到半空又缩回来。这一、自己这个身板，论打架，根本不是人家的对手；二、现在前不着村，后不着店，真要是下车，步行到火车站还不太阳下山？没法子，上贼车容易下贼车难，为了赶火车，阿P忍了这口气，掏出钱扔给了车老板，心里狠狠地骂道：这钱给你娘买棺材！

车老板接过钱，乐得两眼放光，他亮开嗓门"得——驾！"同时又用棍子猛敲驴的两肋，那驴这才撒开蹄子狂奔起来。

驴车不大，是硬木做的，上面又没什么铺垫，再加上路面高低不平，这一阵颠，可把阿P的五脏六腑都快颠出来了。

好不容易熬到了火车站，阿P朝车老板狠狠地瞪了一眼，又低头"呸"了口，这才三步并做两步往车站跑，可是刚刚到了检票口，"砰"，门关上了，阿P急得用拳头擂门，高叫："我赶这趟车，快让我进去！"检票员隔着玻璃朝站台上指指。阿P一看，不由惊叫起来："我的妈呀。"原来这班列车已缓缓启动了。

火车没赶上，车票又作废，虽然还退到几个钱，但扣去手续费已所剩无几了。阿P昏昏沉沉地坐在车站广场上发呆。忽然，他发现斩他钱的那辆驴车没走，周围还有五六辆驴车。这一下真是仇人相见，分外眼红，阿P在肚里不住地骂娘，还把拳头握得紧紧的，猛地他又跳起来，急急走进商店，买了一块白色被里，然后把被里铺在水泥地上，又把颜料、画笔翻了出来，饱蘸颜料，捉腕悬笔，开始作起画来。

画什么？画驴？确切地说，画一头母驴。阿P画驴得过名画家的真传,所以不消一刻钟就画好了。这驴画得那真是绝了!这画上的驴和真驴简直一般大小,你无论站在哪个角度,都会感到那驴在频频向你秋波传情,只消呵一口气,那驴就会尥蹶子窜到你面前撒欢。阿Ｐ把画往两根电线杆中间一绷,"忽——"人们拥了上来,纷纷赞道:"这哪是画,分明是活驴!"有人就问多少钱卖这幅画,阿Ｐ笑笑:"不卖!我这驴可有灵性,只要哪位学着驴叫吼一嗓子,就能引来真驴。"

人们不信,但人群中也有好奇的,当真就学驴叫了那么几下。这一下,新鲜事来了,广场那边正懒洋洋打盹的那几头毛驴,一时间都竖起了耳朵,还同时朝这边望望,这一望不要紧,当即驴脖子伸长了,驴眼睛瞪直了,哟,那边还有这么一头漂亮、温顺、可爱的母驴呀!也不用人指挥,那几头公驴不顾一切地拉着车就奔了过来,争先恐后亮开了驴嗓门,"呜啊呜啊"地向画上的母驴献媚邀宠。这可苦坏了几位车老板,他们谈好的生意黄汤了,尽管又拉又骂,可驴脾气上来,那真是神仙也摇头啊。

这时马路上人越围越多,人们有笑的,有叫的,别提多热闹了。车老板无可奈何,只好来求阿Ｐ,求他快把画布扯下来,阿Ｐ的目标就是那个中年车老板,他双手抱胸,悠悠地说:"我挂我的画,你赶你的车,咱们井水不犯河水呀。"车老板都快哭了,尤其是那个车老板,一个劲央求。阿Ｐ手掌一摊:"取下不难,但得收取画费!"这回轮到那个车老板张开嘴巴合不拢了:"什么,收取画费?多、多少钱?"

阿Ｐ洋洋自得起来,大模大样地算起账来:"这得分慢收、快收、特快收,慢收10元,快收50元,特快收100元。"

那个车老板火了:"你这是敲竹杠!"

阿Ｐ不急:"我又没非要你掏。"

那个车老板自知理亏,他怕再耽搁下去会影响生意,只好息事宁人地说:"好了,好了,我给你50元,你把画收起来吧。"

　　阿P心安理得地接过钱,双手一抱胸,准备闭眼休息。车老板急了:"喂,我给你钱了,你怎么还不收画?"阿P淡淡地一笑,说:"50元是快收费,还得挂2小时。"车老板一听火了,袖子一卷,就准备过来动真格的。

　　就在这时,猛听有人高喝一声:"你们这是干什么?"大家回头一看,见是戴大盖帽的警察来了,便纷纷让出一条路来。

　　警察问明情况,严肃地对阿P说:"尽管事出有因,但你这样做严重影响了马路秩序,根据有关条例,我们要对你进行罚款!"

　　阿P一听要罚款,心里很不高兴,但看到那个斩客的车老板被自己教训得一副垂头丧气的样子,不免又神气活现起来:哼,罚几个钱出口气,划得来!

(范大宇)

无奈当盲流

　　去年秋末,阿 P 应聘到一家工厂当推销员,第一次只身去云南,事情还没办完,就被扒手选中了目标,三挤两挤,身上的钱包和身份证就被扒手偷了去。

　　出门在外,没了钱可是寸步难行,阿 P 无奈,只得给远在他乡的单位挂了长途,要求赶快汇款。不几日,汇款单来了,阿 P 赶紧拿了汇款单到邮局取款。

　　接待阿 P 的是位漂亮的小姐,接过汇款单,仔细看了一遍,甜甜地说:"同志,请出示有效证件。"阿 P 一听,不由一愣,连忙解释道:"小姐,我的身份证被那断子绝孙的小偷给偷走了,你帮帮忙吧。""那不行,我不能违反纪律。"阿 P 傻眼了,没法子,只好又挂长途电话,要求单位赶紧补个证件寄来。

打完长途电话,阿P无精打采地回到旅馆,还没顾上喝口水,旅馆经理找他了,催着让阿P补交住宿费。阿P袋中空空,只得再做矮人,又是作揖,又是赔不是,好话说了一大箩,经理才答应宽限几天。

过了几天,单位补开了工作证,并用挂号寄到了阿P手里,阿P大喜过望,振奋起精神来到邮局。

还是那位小姐,她接过邮单还是那句老话:"请出示有效证件。"阿P头皮发胀,赶紧解释:"小姐,那挂号信里装的就是我的证件,拆开就知道了!"小姐闻言摊开双手,一副公事公办的样子:"这可不行,我没有权力私拆信件,再说,谁能证明这封挂号信就是你的呢?"

阿P急得抓耳挠腮,又给小姐说了许多好话,但无济于事。阿P这下可光火了,他一跺脚,发狠地骂道:"你这个人真是拿着鸡毛当令箭,哼,邮件我不要了,我就不相信,堂堂一个阿P会饿死!"

阿P在邮局是夸下了海口,可是身无分文,毕竟是寸步难行,回到旅馆,经理已把阿P的东西都搬到了门口,阿P终于被"驱逐出境"了。

夜深了,阿P举目无亲,走投无路,想乘车回家,没钱;想打长途电话,没钱;想吃饭住宿,还是没钱,急得他嘴里不住地骂娘。万般无奈之中,他忽然想起火车站的候车室,眼睛不由一亮:哈哈,天无绝人之路,我先到免费旅馆去住一宿吧。

主意打定,阿P来到火车站,见候车室有张长椅还空着,好不高兴,一纵身就躺了上去,舒服啊,真好似睡在席梦思床上。阿P正在自得其乐,外面传来一阵嘈杂声,原来是车站联防治安人员来此清查。

一个联防队员推醒阿P。阿P好梦被人打断,有些气恼,爬起身刚想发牢骚,一见阵势不对,赶紧又堆起笑脸,取出了邮件。

"这些东西是哪来的?""单位寄给我的。""你用什么来证明你没说假话?"

阿P的肚皮都要气炸了,想要从头到尾将钱包被偷的故事再说一遍,突然他灵机一动,一个大胆的主意涌上心头。

联防队员觉得阿P来路不明,形迹可疑,且身无证件,就把他带至办公室追问。阿P倒也爽快,赶紧说:"我交代,我是盲流,原想到昆明打工,因找不到工作,只好在此栖身。"

为了搞好治安,公安部门决定将阿P作为盲流遣返原籍。阿P登上列车,不由长长地松了口气,想到能免费乘火车回家,过去的烦恼一扫而光,他得意地说道:"哈,我阿P还是有办法的啊……"

(杨　胐)

烧香磕错头

　　阿P最近心情不好,没一样事情称心如意。这不!谈得好好的女朋友,上个星期突然与他"拜拜"了;花了一千多元买来的山地车,一夜之间也不翼而飞了;更气人的是,今天早上出门上班,竟然发现家门口地上倒着一大堆药渣,也不知是哪个缺德鬼干的。阿P最忌这个了:我的霉倒得还不够吗?把药渣倒在我家门口,就是要我一辈子交霉运呀!

　　隔壁阿三叫阿P去烧香,说前面街上豆皮店的小老板赵四,就是因为开张前去求过菩萨许过愿,所以现在好运不断,生意才做得这么大。阿P一听,这话有道理,当即决定马上进庙烧香。

　　走近庙门口,迎上来一个年轻貌美的小尼姑,说是从安徽九华山来的,因为九华山要重修庙宇,政府拨款有限,所以庙里的和尚、尼姑便分赴各地化缘,求各位施主捐一份公德,如捐款数额在百元以上者,施主名字还可以刻在庙前的公德碑上。那小尼姑说话轻声细语,神情虔诚感人,阿P不由心里一动:一样烧香,烧到九华山去还可以流芳百世,这样的好事何乐而不为呢?于是,一下把皮夹里的250元钱全掏了出来,恭恭敬敬地递给了小尼姑。那小尼姑也不含糊,接过钱,问了阿P的大名,就端端正正地在一个小本上记下来,随后又核对了一遍:"阿P,二百五。"小尼姑刚念到这儿,旁边围上来的人一听都哈哈大笑:什么数不好捐,偏偏捐个"二百五"?阿P闹了个大红脸。

钱已给了菩萨,不能再随便要回来,唯一的补救办法是再加一笔钱。阿P摸遍全身,还好,总算在贴身衣袋里又摸出一张50元。小尼姑接过钱,笑着说:"好,现在不是二百五了。"阿P连连点头,恭恭敬敬地再三对小尼姑说,请她一定转告菩萨,保佑他阿P心想事成,万事如意。小尼姑安慰他道:"施主如此一片真诚之心,菩萨一定会保佑你走运发财的。"阿P一听,心里乐滋滋的,连连鞠躬致谢。

告别小尼姑,阿P拨开围着他的大人小孩,又到庙里稍稍转了一圈,出来后便准备回家。就在这当儿,他耳边传来一声喊:"叔叔!"阿P掉头看,是个八九岁的小女孩,手里拿着一封信,跑过来对他说:"叔叔,这是刚才和你说话的那个尼姑掉在地上的,我叫她,可是她急急忙忙走了。我看到你进庙里去了,所以就在这儿等你。"

阿P接过来一看,信没封口,信封上收信人的地址是:×省×县×乡×村华××收。出于好奇,阿P把信抽了出来。只见那信上写道:亲爱的华:近好。我离开你出来化缘已三月有余,无时不在想念着你……

"妈的。"阿P笑了,"尼姑也不正经,在外面偷汉子哩!"又继续往下看:不知你买木材的手续是否办妥?我先寄上3000元,你可抓紧把这事办好,把彩电、冰箱买回来,待我继续化缘再凑5000元后,立即回来与你成婚……落款是:你的丽。

"呸!"真是不看不知道,一看吓一跳。阿P这才彻底明白过来,顿时气得跺脚大骂:"妈妈的,我阿P又上当了,300元钱送她结婚,连喜酒都喝不上半杯。哼,我饶不了她。"

阿P奔东跑西要找假尼姑算账,可跑得一身大汗也没找到。"罢了,罢了。"阿P咬牙切齿,自言自语道,"妈妈的,我250,不,整整300元呀,算老子给女儿出嫁的红包好了。"

(王松平)

阿 P 惩 恶 辑

如果善得不到应有的奖励,人间的罪恶就会横行霸道。

举报惩贪官

随着"下海"潮的时兴，阿P也辞掉工作干起了买卖。由于好运接二连三地落到阿P头上，没几年工夫，阿P居然发了大财。他出门"桑塔纳"，手提"大哥大"，成了名符其实的大款。

没钱时阿P穷得夜里睡不着觉，现在钱多了，阿P还是辗转难眠。为什么呢？阿P对吃喝嫖赌是一尘不染，那么这些钱该怎么花，阿P真有点犯愁。

前些天他听说派出所有个专管户口农转非的牛副所长，此人利用职权贪污受贿，凡是经他办事的人没有不挨"宰"的，人们私下里都叫他"牛贪官"。阿P脑子一转，突然有了个绝妙的好主意。

也巧，阿P有一个亲戚要办农转非户口，屡次申请，虽具备条件,但就是过不了牛贪官这一关,无奈之下求阿 P 帮忙。阿 P 正愁没机会接触牛贪官,便高兴地接受了。

这天,阿 P 来到牛贪官家。为了试探牛贪官是不是真贪,阿 P 故意两手空空,只穿了一身简陋工作服。牛贪官上上下下将阿 P 打量了一会,眯缝着没睡醒似的小眼,没好气地问:"你找谁?"阿 P 装出一副恭敬的样子说:"我是来找牛副所长的。""找我? 找我干吗?"

阿 P 弯腰道:"牛副所长,我来找您,是想请您给办户口的,各方面的手续都全了,就差您点点头给盖个章了。"

牛贪官把脸一绷,大嚷道:"盖章? 呵,那么容易? 说得轻巧。"

阿 P 故意装出迷茫的样子问:"那您说该怎么办呢?"

牛贪官见状,认为阿 P 可以开导,便改用温和的口吻说:"小伙子,你还年轻,没有社会经验。这盖章不是说盖就盖的,是一个又复杂又困难的事情,需要研究研究,懂吗?"这下,阿 P 看出牛贪官果真是一个贪官了。

阿 P 忙从怀里掏出准备好的几沓崭新的百元钞票,朝牛贪官眼前一亮,说:"牛副所长,这行吗?"牛贪官看到钱顿时心花怒放,原来紧绷的脸笑成了一朵花,对阿 P 说:"好样的! 真没看出来你还挺有灵气,一点就通。礼尚往来嘛。户口的事好办,马上盖章。"阿 P 表面十分欢欣,内心在想:好戏开场了。阿 P 办好户口,开始实施第二步方案。

阿 P 回到家里,顾不得一天奔波的疲乏,提笔写起了检举信。揭发牛贪官利用职权贪污受贿,最近办了一个农转非户口,就受贿一万元钱。阿 P 绞尽脑汁写完了检举信,长长舒了一口气,伸了伸懒腰,又检查一遍,感觉满意,然后寄到了检察院。这就是阿 P 那天想出的好主意,既能惩治牛贪官,又能为亲戚办了户口,一举两得。

阿P在家等着好消息。他美滋滋地在想：英雄表彰大会上，他阿P披红戴彩，在一片掌声中被拥上主席台，请他讲惩治贪官的经过。阿P站在主席台上，面对台下黑压压的群众，眉飞色舞地讲着，不时引来雷鸣般的掌声。公安局长同他握手，县长同他握手，书记同他握手，台下群众都蜂拥而上争着同他握手……

这天清早，阿P正在被窝里做着美梦，一阵警笛声把他惊醒。阿P听到警笛声，想到是公安局来人表扬他了，忙穿戴整齐出门迎接。

从警车上下来几个公安，朝阿P走来，阿P激动不已，笑容可掬地招呼道："同志们，辛苦啦！你们太客气了，还用得着专门来接我？"不料几个公安都绷着脸，一个比一个严肃，好像都没听见阿P在说什么。

一个公安冷冷地看着阿P，说："你跟我们走一趟，有些事要说说清楚。"阿P顿时懵了，对几个公安说："同志们，别误会，我可没犯什么法。""没犯什么法？派出所的牛副所长贪污受贿被人揭发，现经审查，他已坦白。据他交代，行贿一万元的人就是你，行贿与受贿同样有罪。"领头的公安对阿P说完，然后命令几个公安道："把他带走。"

阿P听后差点没晕过去，转念一想，自己虽然人财都赔上了，可也为当地民众除了一害。想到这，阿P又释然了。

（刘昌林）

神偷显原形

通往省城的长途汽车上接连发生了几起扒窃案,而且每个被窃者的口袋里都留下了落款"神偷"的收条。这在汽车司售人员中引起好一阵恐慌,简直是人人谈"偷"色变,唯有阿P不服气:妈妈的,太狂妄了,有种的上老子的车试试,抓不住你,我把"P"字倒过来写!

这一天,轮到阿P出车上省城。一上车,阿P就提高了警惕,一边报站售票,一边细心观察,可是车都要到终点了,车厢里仍然平平静静。神偷没来!阿P松了口气,又有点扫兴,他把买票收进的钱清点好,放进挎包夹层,然后掏出清凉油在额头上抹了点儿,顿时觉得神清气爽,心里禁不住一阵得意:什么神偷鬼偷的,我阿P往这一坐,谁敢……就在这时,忽听"哎呀"一声,车中猛地站起一个老头，一边两手在身上乱摸，一边喊："钱，我的1000元钱没了！那是给我老太婆开刀住院用的呀，呜呜……"老头喊着，一屁股坐在车厢地板上大哭起来。

阿P顿时没了那股得意劲，他弯腰把可怜的老头扶起来，安顿在座位上，问："您是不是记错了地方？再找找别的兜。"老头把手伸进上衣左口袋："就装这儿，在十里坡上车的时候我还摸过，咋会错呢？"说着一下把兜底都翻了过来。就在这时，只见一张纸片随之飘落在地上。咦，这是什么？阿P拾起纸片，睁眼一瞧：蒙君惠赐，不胜感激。神偷。

神偷上了我的车，阿P惊得差点跳起来，可再一想，又上来一股豪气：哼，也好，我还正想会会这个高手呢。阿P稳定一下情绪，然后两眼利剑似地在全车巡视着：男女老少，高矮胖瘦，各种各样的人都有，但就是看不出个可疑人来。不过阿P自有自己的想法。

阿P心里分析：老头上车钱还在兜里，上车后也没见他来回走动，能接触到他的也就是前后左右的那几个人，神偷再神也不可能隔山隔水地把老头的钱掏去。于是，他把目标集中到老头的周围。

和老头同座的是一个长发披肩的年轻女郎，看她那一脸惊慌的样子就觉得可疑；在老头右侧，过道的另一边坐着一个干部模样的中年人，此时正在安慰着老头，他不像小偷，可也没准，这年头蒙人的东西太多了；老头座位的后面，是一对青年男女，像是恋人，一路上卿卿我我的，此时两人正低头嘀咕着什么。神偷或许还有个助手什么的，扮作恋人最容易蒙人了；老头前排靠过道边坐一个二十多岁的男青年，他长发盖耳，一副宽边墨镜遮住了大半个脸，所以阿P看不出他有何表情。真人不露相，露相不真人，这个人也得注意；还有……

阿P越看越有点沮丧，因为现在看谁都觉得可疑了。眼看车就要到终点了,阿 P 到前面与司机商量了一下,然后回头宣布:"旅客们,车上发生了窃案,我们要把车直接开到公安局去,请大家给予协助。"

旅客们"轰"地一声像炸了锅,说什么的都有,阿 P 也不多说,只是密切注视着老头身边的几个人。

长途汽车驶进市区,来到了去公安局的岔路口。丢钱老头突然要求停车,司机忙把车停在路边。老头对阿 P 说:"小同志,我那老太婆在医院要人照看,我就不去公安局了。"阿 P 着急了,说:"你是当事人,你不去公安局,这事怎么说得清楚?"老头摇摇头,说:"我那老太婆病很重,我放心不下呀。"

"慢着!"老头前座的那个戴墨镜青年忽然站起来,说,"不能让他下车,要去公安局就大家都去,要不去大家都不去。"

阿 P 一愣,嗬,这小子想把事搅混?哼,这一招老子都用烂了,轮得到你来表演?这么想着,就打开了车门。

"谢谢!多谢你啦!"老头快步走向车门。却不料,戴墨镜的青年起身挡住了他的去路,并且冷笑道:"想溜走吗?神偷先生!"

啥?丢钱老头是神偷!阿 P 气得火冒三丈,一步插在老头和墨镜青年中间,抓住墨镜青年的衣领厉声喝道:"胡说,我看你才是神偷!"

老头又一屁股坐下,哭起来:"天哪,我这是那辈子作的孽啊,丢了钱,还让人家这般糟踏,呜呜……""真缺德,人家丢钱够上火的了,还这么耍人家。""我看他自己就是神偷吧……"车上的乘客们也纷纷议论起来。

阿 P 见得到了乘客们的支持,更加神气了,指着墨镜青年问:"你说他是神偷,他偷了谁?偷自己吗?有偷自己的小偷吗,啊?"墨镜青年整了整衣领:"偷谁?老兄,你可得把眼睛擦亮啊,且翻翻你自己的挎包。"

"什么？我会被人偷？"阿P觉得十分荒唐，"好吧，我就翻给你看！"

阿P气呼呼地从脖子上摘下挎包，打开拉链，伸手一摸，啊，钱没了！慌得他翻过挎包一抖，啪，一张二寸宽的小纸片掉了出来。阿P急忙拾起一看：蒙君惠赐，不胜感激，神偷。阿P顿时像迎头挨了一闷棍似地，半天说不出话来。

墨镜青年用手一指那老人，说："神偷先生，你贼喊抓贼，就是想把水搞浑，然后伺机接近售票员。你这种手法，能瞒得过我吗？"

老头见露馅了，猛地一把抓住阿P，一手飞快地从腰里掏出匕首，顶在阿P的脖子上，凶相毕露地对墨镜青年吼道："让开！快让开！放我走，不然我就一刀宰了他！"

车厢里立刻大乱起来，乘客们纷纷四下躲避。墨镜青年高喊："大家不要乱，我是警察！"等车厢里安静下来，墨镜青年对老头严厉地喝道："快放掉人质，争取宽大处理！"

"往后退，不然我就杀了他！"老头一边说着，一边推着阿P慢慢挪向车门。他退下一级台阶，正要跳出车外，突见阿P转过身，手一挥，一团黏乎乎的东西砸在老头的右眼上，辛辣扑鼻，老头禁不住惊叫一声，下意识地松开挟持阿P的手，去揉眼睛。说时迟，那时快，墨镜青年趁机飞快地一掌打掉老头手上的匕首，接着一拳击在老头的脸上，打得老头惨叫一声，倒了下去。

神偷被抓住了。阿P松了口气。从从容容地擦了擦手上的清凉油，踢了踢脚下狼狈不堪的老头："喂，怎么样？哈哈哈，关公面前耍大刀，你也不买二两棉花纺（访）一纺（访），我阿P是好惹的？哼！"说着，转身笑嘻嘻地对墨镜青年说："多亏你了，警察同志，要不我阿P今天可就栽了。"

墨镜青年笑了笑，拍拍阿P肩头说："老兄，以后可要看清楚，别再把警察当小偷抓哟！"阿P搔搔头皮，不好意思地笑了。

（张力波）

大闹咖啡店

　　阿 P 最近下岗,整天坐在家里没事干,愁得他哭丧着脸,胡子也多了几根。

　　阿 P 有个舅舅,是税务局的干部,官衔不大不小,权力也不大不小,求他帮忙的人不少,所以朋友特别多。舅舅知道了阿 P 的处境,就把他介绍到新爱心咖啡馆,每月多少能赚几个钱。

　　新爱心咖啡馆老板胖得像头肥猪,又粗又短的脖梗儿都胖没了,小西瓜般的脑袋秃得厉害,已没有几根头发。老板姓朱,阿 P 贪便当,称呼老板一个字"朱!"听听像个"猪"。胖老板第一次与阿 P 见面就没有好印象,无奈阿 P 的后台硬,胖老板不敢得罪他舅舅,还要强装笑容,安排阿 P 当服务员,专门送酒送咖啡,跑腿的差使,微笑的动作,每月工资 1000 元,奖金另外计算。阿

P受宠若惊,高兴得跳了起来,猛扑过去,抱牢朱老板的胖头颈,对着他的秃顶"嘟"一记响吻,吓得朱老板差点昏厥过去。

阿P穿上老板发的白衬衫和一件画有爱神图案的红色马夹,神气地上班了。他的第一个顾客是个长得非常精悍的小伙子,身体瘦瘦的,两眼却炯炯有光。接着来了一个打扮入时的姑娘,她坐在小伙子旁边搔首弄姿,卖弄风骚,几乎没有骨头,整个身体投入那个男人的怀抱。那个男人抱着她也是手脚不停。阿P开始是双眉紧皱,脸孔涨红,他不想看这种亲热得不堪入目的场景,但是他是服务员,他有责任微笑服务,所以他咳嗽一声,想提醒这对情侣:你们要咖啡还是要饮料?但是这对火热发烫的情侣竟然旁若无人,双方紧紧拥抱,一个长吻持续五分钟,阿P站在旁边等了看了一场电影。

朱老板不愧是"斩"客老手,他对阿P面授机宜:"阿P,这种客人是发高烧朋友,热度超过40度,热得不晓得天高地厚,也不晓得东南西北,你用不着问客人要吃啥?挑最高价格的饮料送,狠狠地斩他们一刀!"

阿P听从朱老板吩咐,端着盘子将饮料、小吃送给客人。不过他有一点弄不懂,朱老板明明是从花雕酒瓶里倒出来的酒,却说是洋酒XO,万一给人看出来,岂不自讨没趣?还好,阿P的担忧是多余的,那对热昏头的朋友还拥抱在一起,根本没有反应。

阿P松了一口气,却又听见一声哀求声:"老板,我是个姑娘,又勿是你老婆,请你放手!"

咖啡馆灯光幽暗,阿P观察了好久,才发现右面角落里坐着一个中年人,那人长了个骨瘦如柴的身材,五官拥挤在一起,小眼睛,小鼻子,偏偏生个招风耳朵,长得十分丑陋。他旁边有个十八九岁的姑娘,此刻,姑娘正在避让中年人的动手动脚,她不住声地在哀求,就差没有叫救命!

这哪还像喝咖啡,岂不是侮辱玩弄妇女?阿P气得浑身血管都要爆炸,恨不得一记耳光打过去。这时朱老板却轻轻把阿P拉过来,他皮笑肉不笑地说:"阿P,这个瘦子是个体户老板,咖啡馆的常客,他在和小保姆幽会,他们哭也可以、笑也可以,一切行动与我们无关,我们只管赚钞票,所以你闲事少管,否则我炒你鱿鱼!"

阿P厌恶地皱紧双眉,但刹那间却笑容满脸地说:"朱!OK。"

待老板离开,阿P不声不响走到个体户瘦子那边。这时瘦子全身心都陷在欲念之中,连点燃的香烟都忘了吸,那烟在烟缸里冒着青烟。阿P看见香烟,计上心来,他悄悄地拿起香烟,神不知、鬼不觉地塞进瘦子的后衣领里。瘦子虽然穿的是西装,但他进咖啡馆就脱了上装,而且把领带放松,衬衫扣子解开。所以这支点燃的香烟从头颈后领处通行无阻,一直到裤腰处碰到皮带才因"交通阻塞"而停住,这下不得了了,燃烧的烟头从瘦子的头颈、后背一直烫到腰部,瘦子遭此突然袭击,痛得狂呼乱叫,人不停地跳动,就像在跳迪斯科。

这时朱老板赶来了,他眼明手快,手里一瓶大号冷饮水从瘦子头颈里倒下去,才算灭了这场"火"灾。瘦子脱下湿透的衬衫,发现后背已烫出一串水泡。瘦子狼狈不堪,见那个小保姆趁混乱之际溜了,所以也拎着西装要走。阿P不知从什么地方冒了出来,笑容满脸地说:"老板,请付了钱再走。"说着,把一张账单递了上去。

今天瘦子一场好梦破碎,还受了皮肉之苦,他心中早有一股无名之火,随便看一看账单,从西装口袋里抽出两百块甩给阿P,不耐烦地说一声:"零头不要了!"

阿P微微一笑,提醒说:"对不起,老板,请你再看一看账单。"瘦子火了,开口骂道:"昏头了,我天天跑咖啡馆,还不知价钱?"阿P仍旧笑笑,态度极好:"老板,请你再看一看账单。"瘦子无奈，用眼角一瞄，不禁大吃一惊，咬着牙忿忿地说："什么？要四位数？好极了，一把快刀斩到我头上来了。哼！叫你们老板出来算账。"

朱老板早就在后面恭候，但是阿P示意他别出来，阿P仍旧笑着说："老板，今天有特殊情况，刚才你身上发生火灾，救火等于救命。朱老板心急慌忙，拿XO洋酒当自来水冲到你身上，洋酒啥价钱？所以要四位数啦，这还是看在老顾客面上优惠你的啦！"

提到身上这把火，瘦子无名怒火蹿起，他恶狠狠地说："哼，在你们店里喝咖啡，身上烫伤，你们咖啡店要负责赔我医药费！"

阿P这时也不买账了，口气也硬起来了："老板，刚才你在喝咖啡还是在做游戏？自己的香烟嘴里不抽，却要放到头颈里，我看一定是老板兴奋过度，糊里糊涂，哪能怪我们咖啡店？另外，刚才小保姆哭哭啼啼，我看是老板行为不轨，欺侮乡下姑娘，要不要我去告发呢？"瘦子被阿P这番话说得哑口无言，脸上红一阵、白一阵。他皱起眉头怔了半天，横想竖想，最后只好摸出皮夹，付了钞票，"嘟嘟哝哝"地走了。

这一幕全被朱老板看在眼里。瘦子前脚刚离开，朱老板就露面了，他对阿P跷起大拇指，用赞赏的口吻说："阿P今朝一刀斩得漂亮，明天升领班，工资翻只跟斗！"阿P却摇摇头，一言不发。朱老板急了："工资翻跟斗，每月两千元，难道还嫌少？"

想不到阿P摸出一张钞票放在鼻子下嗅嗅，笑着说："这里的钞票好像有点味道，我不喜欢。对不起，我不干了！"

阿P又失业了，不过他觉得这次自己没做错，对得起自己的良心，人一高兴，精神也爽了，又哼起了谁也听不懂的小调。

（孙炳华）

巧断死鼠案

　　阿 P 当上了居民小组调解员,好不得意。他想,若不是自己在选举会上侃了一通福尔摩斯探案与包公断案的故事,那些婆婆妈妈们不一定会投自己赞成票呢!虽然这门差事是业余的,而且只是"员"级,但大小也是干部么!

　　这天,阿 P 上班打瞌睡,被车间主任训了一顿,到下班回家的路上还生气:妈妈的,老子现在也是个管事的人物了,这身上的干部素质你们就看不出? 车间主任有什么了不起? 要是你家住在我们街道里,有事还得请我调解呢! 那时我也会训你个龟孙子!

　　阿 P 这么云里雾里地想着,不觉到了自己的"管区",顿时精神一振。他抻抻衣角,取出小瓶花露水往头上喷喷,又叉开手指梳理一下头发,然后昂首挺胸地往自家门前走去。

"阿P弟,你可回来了,我等你有事呢。"听了这声甜甜的呼唤,阿P发现一个叫阿菊的妇女蹲在自己家门边。

"什么事呀?"阿P一边以办案的口气问,一边掏钥匙想开门,哪知掏了所有的口袋也没掏到钥匙,这才记起钥匙忘在工作服口袋里了。

这是阿P上任第一次办案,他本想进屋取出特意准备的黑皮硬壳笔记本,高度负责地作好记录,可是无法进门,只好站在门外问案了。

阿菊所诉的案情并不复杂:她买回灭鼠灵,放在厨房里药老鼠。今天中午,隔壁胡二嫂说服毒之鼠钻到她家高柜底下死了发臭,破坏了她家的卫生,污染了空气。胡二嫂从找到死鼠时骂起,非要阿菊承认过错,赔偿室内污染的损失不可。阿菊说:"我被她吵得没法呆在家里了,只有来找你。你当官可要为民作主啊。"

阿P一听阿菊称他为官,别提有多高兴,便对阿菊说:"你放心,这个案子要难住我,我还算什么调解员!"他领着阿菊往胡二嫂家走去。但看到胡家大门时,阿P却发怵了。他知道胡二嫂是个有名的尖嘴婆,被蚊子咬一口都要骂上一阵的。6年前阿P想和她外甥女谈恋爱,人家父母还没说什么,倒是她赶来把阿P骂了个狗血淋头,从此不拿正眼瞧阿P,阿P也从此见她就发怵。这次自己撞上门来,能有好果子吃吗?

阿P心里一胆怯,脚步也就在胡二嫂家门前停住了,回头看到阿菊求助的眼神,又只好硬着头皮去"赴汤蹈火",谁叫自己是调解员呢!

胡二嫂正在吃晚饭,见阿P进门,将饭碗一搁,拉住他就往里间高柜边拖,声言要先看"现场"。阿P低眉顺眼,由她摆布,对她"噼里叭啦"随着唾沫星子喷出的一通话,一句也没听清,他在思考着这桩案子咋个断法。

回到饭桌边，阿 P 才发觉阿菊没有跟进来，顿感势孤力单，越发惶恐。但已被逼上"梁山"，只得尽力稳住神，试探着说道："你二嫂家有死鼠臭是事实，阿菊放鼠药也是事实，但这二者之间有没有内在联系呢……"

"你敢说我家那臭鼠不是阿菊毒的？"胡二嫂接过话头一吼，阿 P 被吓了一跳。这一跳，倒把阿 P 的牛皮劲跳上来了，他想：是死是活反正躲不过这一关，我阿 P 学理发碰上络腮胡，也不能坏了开张第一回。我今天不是来求你嫁外甥女的，是堂堂正正断案子来的。我和你是上下级关系，你吼我就不办公事了？这么一转念，阿 P 一本正经地断案了。

阿 P 说："就算是阿菊毒的鼠死在你家吧，也有两种可能。一呢，这老鼠是阿菊家的，吃了药跑到你家来死，该她负责。这二呢，老鼠原来就是你家的，跑到阿菊家吃了药饵，又跑回来才死，这样你也就有责任了。"

胡二嫂两眼一弹，说："我有什么责任？你给我说清楚！"

阿 P 说："你家老鼠不该跑到人家屋里去偷吃呀。"

"我家老鼠不会跑她家！"胡二嫂竟上了阿 P 的套套。

"你们两家的老鼠有记号么？"

"你家才养老鼠做记号哩！"

"这就对了。"阿 P 不觉有些得意起来，"据我福尔摩斯法的观察分析，老鼠在本家有吃的，一般不会跑到别人家去，特别是吃了药难受时，只想爬回自己窝里，更不会舍近求远污染人家的环境。从而可以推断，这只死鼠本来就是你家的，因为你二嫂讲卫生搞坚壁清野，老鼠饿了，才跑到阿菊家去找吃的。"胡二嫂一听，赌气地问："照你这么讲，我是白被鼠臭熏了？"

"这个问题要处理。阿菊误毒了你家老鼠，应该负责净化一下空气，刚才我已责令她买了瓶净化液。"阿 P 说着，取出花露水往高柜下喷喷,站起来问胡二嫂:"你看是不是还有必要让她赔你一只老鼠呢?"

"赔你娘个腿!"胡二嫂哭笑不得。

"你有这个姿态就好。不过,为避免类似的事件再度发生,你们今后都有责任管住自家的老鼠,不要乱跑到人家屋里去。"

阿P说完,便溜出胡二嫂家,把个好强气盛的胡二嫂糊弄在那里,愣怔了半天回不了神。待她回过味来,又不知气该往哪里出。

阿P凯旋而归,走到家门口,又记起没有钥匙。肚子"咕咕"叫,恰巧几个哥儿们要为他荣任调解员设宴庆贺,说菜已准备,等他买酒。酒席上,阿P炫耀起巧断死鼠案、制服尖嘴婆的功绩,越喝越兴奋,待到盘净瓶空时,他已极度"陶醉"了。

（刘常汉）

打假动真格

　　阿 P 凡事爱替人打抱不平,他的热心在城里是出了名的,这回,成立消费者协会,阿 P 自然被推荐担任这个协会的办公室主任。

　　阿 P 主任做事情真是卖力,一忙起来,吃饭没顿,睡觉没时,天天起早摸黑,奔进奔出。做啥?打假治劣,为消费者争说话的权益呗!

　　话说回来,再忙再累,总得讲个劳逸适度吧?人的身子骨到底不是铁打的。长期的睡眠不足,阿 P 得了严重的脱发症,头发就像坟山上的枯茅草,每天一撮一撮落下来。他妻子小兰知道这是"鬼脱发",如果不及时治疗,少则三月,多则半年,就要脱成个大光头,所以就赶紧拖阿 P 到医院去治疗。

一连治了三个疗程,近两个月过去了,可阿P依然脱发不止,急得小兰像蚂蚁爬在热锅上。她望着阿P头上稀稀拉拉的几根头发,心疼地责怪说:"你成天打假打假,打得自己头发都打光了,我看你还有啥风光。"

阿P却不以为然,笑嘻嘻地说:"能治就治,不能治也没关系,反正可以戴帽子嘛。你看,我帽子一戴,不是和谈恋爱的时候一样神气吗!"

开玩笑归开玩笑,小兰对阿P一往情深,只要有空,仍然是为他四处寻医,八方觅药。听人说黑的东西能催发生长,她就今天买黑鱼,明天购黑米,这个星期炒黑芝麻,下个礼拜煮黑豆。还特地到绸布庄扯了三米黑绸,给阿P做了一套黑衣黑裤,说是阿P穿上它,能感化那钻在头皮里的头发根。可惜脑汁绞尽,办法想遍,还是没有一点用场。

怎么办呢?小兰忽然想到自己弟弟阿根。阿根在城西开杂货店,那里来往人多,托他打听打听,或许能觅到治疗脱发的秘方。所以,那天一下班,小兰就骑车直奔弟弟阿根处。

阿根见小兰来了,满脸笑容地迎了出来,说:"姐姐,你来得早不如来得巧哇,正好我有一件东西要交给姐夫哩!"说完,他从橱柜里取出一只黑色的小瓶,递了过去。

眼下,小兰正对黑颜色的东西特别有感情哩,她接过瓶子一看,眼睛顿时亮了起来,想想真是踏破铁鞋无觅处,得来全不费功夫。为啥?因为这只小黑瓶上写着"快速生发膏"五个大字和"一个月后见效"六个小字。她欣喜若狂,感激地朝阿根点点头,二话不说,蹬车就走。阿根在后面喊她,再想说几句话,可是小兰早已飞车远去了。

小兰回到家里,外面天已墨墨黑。她前脚刚进家门,阿P后脚也跨了进来。小兰一把将阿P按在沙发上,高兴地说:"老公哇,脱发有救啦!"说着将小黑瓶在阿P眼前一晃,要紧启开瓶盖,给阿P上药膏。

阿P用手往头上一挡,说:"你别病急乱投医,上假货的当,让我先看看。"说罢,夺过小黑瓶,仔细地看了起来,厂名厂址、电话电挂、使用方法、注意事项,一样不缺。阿P似乎还不放心,又追问了一句:"小兰,你这药是从哪里买来的?"

小兰见阿P这副横不放心、竖不放心的样子,满肚子的不高兴,拉长了脸说:"怎么,你连我也不放心,哼,我就是不告诉你。不过给我药的这个人绝对可靠,百分之一百保险。"

阿P见小兰面孔已经多云转阴,不忍心再伤她的一片真情,既然百分之一百保险,那就试试吧,于是就顺从地让小兰给自己上药膏。

小兰这才破涕为笑,她找出一柄薄木片,把药膏从瓶子里刮出来,然后像裁缝师傅给布料抹糨糊一样,将药膏均匀地抹在阿P的头上,还特地用冰箱保鲜纸把阿P的头包起来,这样既能防止晚上睡觉时药膏沾到枕头上,又能保持药性。

小兰给阿P上药真是一心一意,简直就像把自己的心也揉了进去。她隔一会就要捧着阿P的头看看摸摸,甚至半夜里醒过来,还要像搬冬瓜似地转东转西把阿P的头看个够。

一天,两天,三天……一个星期,两个星期,三个星期……好不容易按照药瓶上的说明苦苦熬过了一个月。

这天小兰一早起来,顾不得洗脸、刷牙,就动手去揭包在阿P头上的保鲜纸。真是不揭不要紧,一揭吃一惊。阿兰揭开保鲜纸一看,人顿时像泄了气的皮球,瘪了下去。原来阿P的头简直变成了个黑鱼头,抹在上面的黑药膏全部干结起来,一块一块往上翘,非但没有长出新头发,连原来的那几根头发都不见了踪影。小兰忍不住"哇"地一声哭了起来,一把搂住阿P说:"是我害了你。老公,看在他当年替我插队落户到江西受苦的情分上,你就饶过他这一次吧!"

锣鼓听声,说话听音,阿P一听便知道这"百分之一百保险"的"快速生发膏"原来是小兰从她弟弟那里弄来的。

当年原本应该是小兰到江西去的,身高马大的弟弟阿根怕姐姐出去受人欺侮,便自告奋勇顶了她。阿根向来是义气之人,如今怎么也会去进这种假货呢?他是受骗上当还是与别人串通一气,从中渔利呢?他把假货给小兰,难道就不怕被我们识破吗?阿P自从当了干部,比过去会动脑筋了,不过此刻他思来想去,也没想出个所以然来。

管他哩,阿P头颈一硬,对小兰说:"阿根真是昏了头。这种事情既然撞在我手里,就是自己人我也不能不管啊!"小兰一听阿P要对弟弟动真格,"哇"地一声哭了起来:"好好好,你六亲不认,我……我就死给你看!"说完,就往墙壁上撞了过去。

俗话讲:"天不怕地不怕,最怕女人哭哇哇。"小兰一哭,阿P就乱套,要紧抱住小兰,百般哄劝。他眼珠一转,说:"看你急的,就是假戏也要真做嘛,否则叫我怎么去遮人耳目?至于怎么处理,我瞎子吃馄饨——肚里有数。"小兰听了,这才破涕为笑:"你这个死木瓜,这回总算开了窍。"

阿P真的"开了窍"?没有,只不过天长日久,他也学会了一点应付小兰的办法。第二天,他把小兰特地为他买来遮丑的帽子往头上一戴,就约了办公室的小张一起到阿根店里去查假货了。阿根见姐夫这么早就到店里来,赶紧出门迎接,满脸堆笑地问:"姐夫,有啥事?"阿P脸上没有一点笑容,两只眼睛直盯着他,说:"党的政策历来是'坦白从宽,抗拒从严',你自己将假货交出来,争取从轻处理,否则,别怪我翻脸不认人。"阿根听得莫名其妙:"姐夫,你这话从何说起?我又没做什么坏事,有什么可坦白的?""那好,"阿P眼一瞪,"我给你机会你不要,我们自己动手了。"说完,他便和小张两个人认真检查起来。

这边阿P的检查刚开始,那边小兰就得了风声,她心里气啊：你明明说是假戏真做，私下解决不就是了？现在一本正经去查假货，还谈什么"遮人耳目"？她赶紧向单位请假，赶了过来。

阿根一见小兰，拦住她委屈地说："姐姐，姐夫这样做算什么意思？他一定要我坦白，交出假货，我哪来假货？我看十有八九是有人想陷害我。"

这时候，店门外已经围上来不少人，小兰一肚皮的气，当众又不好发足。她瞥一眼阿 P，见他和小张正查得满头大汗，头上那顶帽子此刻似乎特别显眼。小兰鼻子里"哼"一声，悄悄对阿根说："别怕，有我在，看他敢对你怎么样，不就是一瓶生发膏嘛！""什么生发膏？"阿根丈二和尚摸不着头脑。小兰说："不就是那天你给我的那瓶快速生发膏吗？用过了，假的！"

天哪，阿根一拍脑门，哈哈大笑起来："姐姐呀，原来是这么回事啊，你们这回可是拎错秤纽啦！这是我托朋友从外地觅来的假药，是给姐夫做样品的。他对我说过，要打假首先要识假，叫我帮他去觅，那天谁叫你没等我把话说完，抢了瓶子就骑车跑了？"

阿根一番话，阿 P 听得一清二楚，他恍然大悟，笑嘻嘻地走到阿根面前，"呼"地把帽子摘了下来，立刻一个光秃秃的脑袋出现在大家面前，围在店门口的人都"轰"一声大笑起来。

阿 P 拍拍阿根的肩膀，说："错怪你了，请你原谅。以后有我这个光头做样品，那些假货就不敢再到我们城里来了。"阿 P 说完，又转身对大家说："你们如果碰到假货，尽管来找我这个光头，我是豁出去了，有假必打！"

（张兆华）

追债获胜归

　　年尾岁末,南方公司下决心要收回业务客户们拖欠已久的几百万货款,几支追债队伍分头出击。这帮毕业于大学营销和公关专业的精兵强将,南征北战一月有余,可到头来却都是三月的桃树——没结果,公司杜经理急得抓耳挠腮,一筹莫展。

　　杜经理有个助理,姓齐,素有"高参"之称。他认为这批秀才之所以收不回欠款,主要原因是斯文有余,威力不够,太讲绅士风度了。如今欠债的是爷,不想点歪办法是收不回这些钱的,但秀才们一向以清高自居,对歪门邪道不屑一顾,不宜再委派出征。他向杜经理推荐了一个人。谁? 阿P。齐高参说:"这小子嘴巴歪、走路正,是一个信得过的角色。"杜经理虽有点不以为然,但一时半刻又找不出更合适的人来,况且企业急着要钱用,与其坐以待毙，还不如让阿P一试。想到这里，杜经理点了点头。

阿P受命于危难之时，心里有点忐忑不安，那张欠账客户名单捏在手里沉甸甸的。但他一想到这是领导对他的信任，又陡然生出一股"挽狂澜于既倒，扶大厦之将倾"的英迈豪气，3天后，风尘仆仆来到了北国江城哈尔滨。

阿P径直找到黑哈公司的马经理，说明是来催要30万元货款的。马经理"哼哼哈哈"一阵，便打了个马虎眼，说自己忙，叫有关部门办理。但有关部门办理了两三天，还是太平洋结冰——没有半点动静。

这天晚上，阿P叫开了马经理家的门，马夫人一边把阿P迎进门，一边告诉阿P马经理不在家，有什么事她可以转告。阿P耷拉着头，坐在沙发上只是叹气，马夫人见阿P嘴无血色，蜡黄的脸上豆大的汗珠一颗颗往下淌，一副萎靡不振、心事重重的样子，不禁起了恻隐之心，便问阿P有什么苦痛，只管说出来。

阿P叹了口气，说："谢谢您关心。真不好意思来打搅您，但有什么法子呢，吃我们这碗供销饭不容易啊，一年四季在外头催钱要款，货款收不回，奖金全泡汤。这不，生病了也不敢回去，马经理欠了我们的钱，我只好收了钱再回去治病。"阿P可怜兮兮地说完，又抖抖索索地从口袋里掏出一张纸，递给刚才在一旁听得眼圈发红的马夫人。

马夫人接过一看，立时神色大变，原来那是一张医院肝炎病血液化验单。阿P一看马夫人神色不对，随即起身告辞，临走留下自己的旅馆地址，并对还在发愣的马夫人说："明天晚上我再来。"

第二天上午，住在旅馆的阿P就接到了马经理打来的电话："喂，你小子，有传染病也不吱声，害得我老婆家里家外开水烫，消毒粉擦，折腾了大半夜。这样吧，晚上你也不用再来了，我叫人把支票送到你那儿去。"阿P一听,简直喜从天降,放下话筒,他又得意又开心,禁不住一个人在房间里大声笑了起来。

原来头天晚上,阿P在马经理家玩的是"苦肉计"的把戏。他打听得马夫人是一所医院的护士长,出奇地讲卫生,是个恨不得连饭菜都得先用显微镜看过才放心吃的人,于是他便去医院开了一张肝炎病血液化验单。到了晚上,阿P掏出白天买来的一支蜡黄色戏剧油彩,均匀地在脸上涂抹一层,等到了马经理家门口,他又掏出事前准备的玩具小水枪,往脸上喷了些水,然后才敲门。水一沾油,都凝成一颗颗水珠,在灯光照耀下,阿P的脸上便有了一种虚汗淋淋的效果,再配上他那神情举止,活脱脱一个病得不轻的传染病人。当然最紧要的是"明天我再来"那句话,马夫人听了吓得个半死,等丈夫回到家,便劈头盖脸骂过去,叫丈夫借债还钱,省得"城门失火,殃及池鱼"。

阿P一炮打响,初战告捷,顿时信心倍增,他又如法炮制,接连攻下了几个"堡垒",一笔笔货款源源不断地汇进了南方公司。杜经理笑逐颜开,乐不可支,接二连三地打电话给阿P:"干得好!干得好!真是千军易得,一将难求。回来给你庆功,大大地奖励!"并谆谆告诫阿P"宜将剩勇追穷寇,不可沽名学霸王"。

阿P乘胜追击,东奔西走,这一日来到了古都西安。据情报透露,西安的旺记公司今年上半年赢利近百万,可他们拖欠的40万元货款至今分文未还。公司先后去了3批人催款,都败下阵来,公司的人都认为旺记公司是攻不下的碉堡。果然,阿P找上门去,旺记公司的牛经理便摆出一副死猪不怕开水烫的架势:"我们是乡镇企业,船小人多,日子难过,要命有一条,要血有一瓢,要钱没有!"这一下还真难住了阿P,看牛经理这副"吃相",好像他们公司真没钱。如若真这样,那赢利情报又是怎么来的呢?

阿P不死心,一连在他们公司周围转悠了3天。旺记公司每天进进出出的人不少,从他们断断续续的片言只语中,阿P终于弄清,牛经理之所以不肯还钱,是因为别人欠他们公司的更多,一定得把别人欠旺记公司的钱追回来,才谈得上还南方公司的债,所以牛经理索性对外称没钱。

牛经理见阿P一连几天没再找他,猜想一定是自己那天的气势压倒了他,不禁暗自得意起来。正在这时,秘书给他接过来一个电话,话筒里一阵娇滴滴的声音传入他的耳朵:"喂,是牛经理吗?怎么发了财就把老朋友给忘了?"听声音是个二十几岁的妹仔打来的,那话说得甜甜蜜蜜,叫人三分魂飞七分魄动。牛经理正要开口问对方姓甚名谁,那女的又说:"晚上我再给您打电话。"只听得"砰"的一声那边挂了话筒,牛经理怔怔地站在那里,半天也没有想出这个人是谁。

这天旺记公司正好来了批紧急业务,牛经理处理完已是第二天凌晨两点多钟了,他回家只睡了三四个小时,又匆匆赶到公司上班。刚踏进办公室,秘书就告诉他,昨天那个女的又打来电话,还说是私事,不便托人转告。牛经理原本也没把昨天那只电话放在心上,这会儿倒是挺诧异:这个人到底是谁呢?他一整天都在想这件事。

下班了,牛经理带着一身疲倦和一肚子疑惑回到家里,只见老伴一脸怒气,忙问是怎么回事。这一问不打紧,就见得老伴泪水"哗哗"直淌,接是一阵号啕大哭。猛哭了几分钟后,她桌子一拍,直指牛经理鼻尖,哆嗦着说:"你甭给我装蒜!你这个没良心的,土都埋到胸口了,还有心思在外头寻花问柳。我哪点对不住你,要这样来气我?你这样做,叫我怎么做人?叫娃怎么做人?你说!你说!今天不说清楚,我跟你拚了!"

牛经理听得莫名其妙,急得直跺脚:"你胡说些什么呀,这几天我加班嘛!""加班,加班,你都加到人家姑娘身上去了。人家一天三四次电话往家里找,还不知羞耻地叫我转告你老地方见,还叫我别管你们的事。什么事？还不是见不得人的丑事！那娇声娇气的腔调，恶心得我汗毛都竖起来了。"

这时牛经理总算明白过来了：肯定是那女的捣的鬼。只是他百思不得其解：这个女的到底是谁？她要干什么？牛经理好不容易连劝带哄才消了老伴的气，心里盘算着明天该如何处理这事。

第三天上班，秘书又叫牛经理接电话，说又是那个女的打来的。牛经理不由得气上心头，接过电话就说："喂，你可不要胡来！""唷，牛经理不必发这么大的火嘛！"电话那头果然是那个娇滴滴的声音，"牛经理，不瞒你说，我是南方公司的张小姐，我们公司的催款员前几天找你要钱，你就是不给，公司就把我给派来了。牛经理可能没听说过我的大名吧，为了公司的利益，我是愿意牺牲个人一切的，牛经理，难道你不想吗？"牛经理听得目瞪口呆：这女的也真叫开放得可以了。牛经理的头像货郎鼓一样不停地摇着："不想，不想。""既然不想，"张小姐接着牛经理的话尾说，"牛经理，那你就成全我，把欠款还给我，我早已了解到你们是有能力偿还的。要是牛经理不领情，可别怪我张小姐不讲情面。牛经理是见过大世面的人，知道人言可畏的道理，可不要再让人抓住什么把柄，吃不了兜着走哟。"

一番话说得牛经理心惊肉跳，大汗淋漓，禁不住想起三年前自己去特区深圳开会，一天晚上逛街溜达，不曾想被"鸡"缠住不放，结果让保安部门抓住，以所谓"一个巴掌拍不响"的理由糊里糊涂地关了几天。虽然事情最后总算搞清了，但却传得公司上下无人不晓，个别平时挨过他批评、被扣过奖金的人就写信上告，说他腐化堕落，吃喝嫖赌，用的全是公家的钱。结果上面派了工作组，调查了两个月，弄得人心惶惶。要不是自己身正不怕影子斜，脚正不怕鞋子歪，只怕早就……如今要再发生这样的事，那真是黄泥巴掉到裤裆里——不是屎也是屎了。自己受点委屈倒也还罢,可公司却再也经不起折腾了。再说公司迟早是要还这笔钱的,现在又还得起,不如干脆给他们,也省得无事生非。

牛经理想到这里,急忙对着话筒喊:"明天你来我这儿吧,我当场开支票划拨,行了吧?"那个自称张小姐的说了句"那就谢谢牛大经理啦",就挂了话筒。

第二天,牛经理在办公室坐等张小姐来拿支票,可来的不是张小姐,而是前几天来催款的阿P。阿P告诉牛经理,是张小姐叫他来取支票的。牛经理无可奈何,亲笔划拨了40万元的支票,递给阿P。只见阿P一手拿着支票,一手捏着鼻子,嗲声嗲气地说:"那就谢谢牛大经理了。"这一声,把牛经理惊得瞠目结舌。你道咋的?原来那张小姐就是阿P扮的。

(杨　溯)